The Famous Five

疯狂侦探团

⑯ 雨夜迷踪

詹艾斌 / 主编
[英] 伊妮德·布莱顿 / 著
陈　村 / 译
郑榕玲 / 绘

人民东方出版传媒
東方出版社

图书在版编目（CIP）数据

雨夜迷踪 /（英）伊妮德·布莱顿著；詹艾斌主编；陈村译.
—北京：东方出版社，2019.8
（疯狂侦探团）
ISBN 978-7-5207-1067-1

Ⅰ.①雨… Ⅱ.①伊… ②詹… ③陈… Ⅲ.①儿童小说－侦探小说－英国－现代
Ⅳ.①I561.84

中国版本图书馆CIP数据核字（2019）第118779号

雨夜迷踪
（YUYE MIZONG）
［英］伊妮德·布莱顿 著 陈 村 译

策划编辑：鲁艳芳
合作策划：原典纪文化
责任编辑：杨朝霞
出　　版：東方出版社
发　　行：人民东方出版传媒有限公司
地　　址：北京市朝阳区西坝河北里51号
邮政编码：100028
印　　刷：环球东方（北京）印务有限公司
版　　次：2019年8月第1版
印　　次：2019年8月北京第1次印刷
开　　本：880毫米×1230毫米 1/32
印　　张：6
字　　数：106千字
书　　号：ISBN 978-7-5207-1067-1
定　　价：25.00元
发行电话：（010）85924663 85924644 85924641

人物介绍

侦探团成员

朱利安

12 岁的朱利安是侦探团里年龄最大的，他和乔治是堂兄妹，是迪克和安妮的哥哥。他强壮勇敢、沉着果决、责任心强。范妮婶婶总是夸奖他又勇敢又可靠。他是侦探团的小队长，对妹妹安妮非常关心、体贴。

迪克

迪克是一个聪明机智、幽默风趣的人。尽管有时候他看起来坏坏的，但实际上他是一个可靠、善良的男孩。11 岁的他和堂妹乔治同岁，比哥哥朱利安小一岁，比妹妹安妮大一岁。虽然他经常捉弄安妮，但其实他和朱利安一样，非常关心安妮。迪克很有智慧，脑袋里装满了鬼点子，总会在关键时刻挺身而出，用过人的机敏化解团队危机。

乔治

乔治的本名是乔治娜，她 11 岁，是个假小子。她的头发和男孩的一样短，平时穿得也像个男孩子，她更希望大家叫她“乔治”。她刚强勇敢，脾气跟她的科学家爸爸一样暴躁。她有一只忠心的大狗——蒂米，蒂米愿意为乔治小主人做任何事情。如果有人称呼乔治的本名或者取笑蒂米的话，乔治就会生气；但是如果有人叫她“乔治”或者误认为她是男孩的话，她就会很开心。

安妮

10 岁的安妮是侦探团里年纪最小的，所以备受照顾。因为年龄小，在探险的时候她比侦探团里的其他小伙伴更容易害怕，也不像他们那样热衷于冒险，但是她很擅长为团队做计划和整理内务。尽管她有时候很胆小，但每当遇到危险，她还是会和小伙伴们一样勇敢。

蒂米

蒂米是乔治的狗，聪明又勇猛，模样有点怪。它是一只大型的棕色混种狗，尾巴特别长，嘴巴又宽又大，耳朵尖尖的；它对侦探团的孩子们既忠诚又喜爱，多次挺身而出保护孩子们。

侦探团的朋友们

琼

琼是个聪明狂野的女孩，她是后来才加入侦探团和大家一起探险的。她和侦探团孩子们的年纪相仿，和乔治一样——她也是个假小子。她爸妈以前在马戏团工作，但是后来妈妈离开了她，爸爸因为盗窃被监禁。她喜欢迪克，也很为迪克着想。

乔安娜

乔安娜是乔治家的管家。她长得有点胖，是个非常热心的人。每当昆廷叔叔和范妮婶婶外出的时候，她总是会在科林庄园照顾孩子们。孩子们都非常喜欢她。

家庭成员

范妮婶婶

范妮婶婶是乔治的妈妈，是朱利安、迪克和安妮的婶婶，她的丈夫是昆廷。她是书中最主要的母亲形象。她为人善良随和，对丈夫的急性子和健忘都给予了莫大的耐心和包容。

昆廷叔叔

昆廷叔叔是乔治的爸爸，他是世界著名的科学家。他性子又急又暴躁，对放假在家的孩子们容忍度较小——他认为孩子们实在太吵闹了，但至少他还是个懂得爱与关怀的丈夫、爸爸和叔叔。女儿是他最大的骄傲。在孩子们的探险中，他几次被绑架，成为人质。

目录

1

一周假期

“地图在哪儿，乔治？”朱利安问道，“是这个吗？那把它放在哪里好呢？”

“放在地板上吧，”安妮说，“地图最适合放在地板上看了。我来把桌子挪开。”

“当心，”乔治说，“我爸爸在书房呢。上次有人弄翻了桌子，后果你们都没忘吧。”

大家都笑了起来。乔治的爸爸在工作时，不管听到什么声音，他都会立刻从书房跑出来大发脾气。

桌子挪开了，地图在地板上被完整地铺开。蒂米看到四个孩子跪在它周围，还以为他们在玩新游戏，兴奋地大叫着。

“安静，蒂米！”迪克说，“你今天早上大叫已经惹了一次麻烦了。走开，不要用你的尾巴扫我的脸。”

“汪！”蒂米叫了一声，重重地躺在了地图上。

“起来，坏蛋，”迪克说，“你不知道我们赶时间吗？我们要制订去比利科克山的路线……”

“比利科克山，多可爱的名字啊！”安妮说，“这就是我们要去的地方吗？”

“对，”朱利安盯着地图说，“它附近有一些山洞，我们想去看看。那里还有一座蝴蝶农场，还有……”

“蝴蝶农场！”乔治惊讶地问道，“那是什么？”

“顾名思义，”迪克说，“那是一个养殖蝴蝶的农场！我在学校有个叫托比的朋友，是他告诉我的。他家离那儿很近，据说是个非常有趣的地方。他们用鸡蛋饲养蝴蝶和飞蛾，然后卖给昆虫收藏家。”

“真的吗？”安妮说，“其实，以前我也很喜欢养毛毛虫，时刻观察它们的变化。当看到一只可爱的蝴蝶或蛾子从蛹里爬出来时，那感觉就像变魔术一样。他们竟然为此专门建了一座农场，真是太不可思议了。我们真的能去看看吗？”

“当然了。托比告诉我农场主人很友好，他们非常欢迎去那里参观的人。”朱利安说，“显然比利科克山是稀有蝴蝶的好去处，所以他们才把农场建在那里。每天他们都带着捕网跑来跑去，白天捕蝴蝶，晚上再去捉飞蛾。”

“哦，这太令人兴奋了，”迪克说，“可以去山洞探险，可以参观蝴蝶农场，还可以顺道去拜访托比，而且……”

“而且，在这个阳光明媚的假期里，我们五个又聚在一起了！”乔治说着，高兴地抱住蒂米，“五旬节[①]万岁！谢天谢地，我们两所学校同时放了一个星期的假！”

这四个堂兄妹趴在地上，饶有兴趣地看着地图，用手指沿着上面的路线比画着。就在这时，书房里传来了一个愤怒的声音：“谁动过我的桌子？我放在这儿的文件哪儿去了？范妮，范妮，你在哪儿？”

“爸爸在叫妈妈，我得去找她。”乔治说，“哦，我忘了，她去买东西了。”

“为什么总有人动我的文件？”她爸爸的声音再次传来，“范妮！范妮！”

书房的门猛地被推开了，昆廷叔叔一边自言自语，一边从里面大步走出来。他丝毫没有注意到趴在地板上的四个孩子，脚不知道被谁绊了一下，他一下子就摔倒在他们身上。蒂米高兴地大叫着扑向他，心想：“乔治的爸爸一定是在和他们玩游戏呢！”

昆廷叔叔的手打到了乔治的脸，乔治叫道：“噢，您打到我了，爸爸！”

“昆廷叔叔，您压得我好痛啊！”朱利安吃力地说，“闭嘴，蒂米，我们不是在玩游戏！”

朱利安扶起叔叔，垂手肃立一旁，等待他发火。昆廷叔

---

① 也称圣灵降临节，被定于复活节（每年春分月圆之后第一个星期日）后的第五十天，故称五旬节。——编辑注

叔拍拍身上的衣服，瞪着朱利安："你们非得在地板上玩吗？趴下，蒂米。乔治，快起来，你妈妈呢？老天！乔安娜去哪儿了？如果她再敢来整理我的桌子，我一定要解雇她！"

厨娘乔安娜出现在门口，用围裙擦着她那沾满面粉的手。"你们吵吵闹闹的在干什么啊？"她说，"哦，对不起，先生，我不知道是您。我……"

"乔安娜，你动我桌子了吗？"昆廷叔叔几乎喊了起来。

"没有，先生。您丢了什么东西吗？没关系，先生，我来找。"乔安娜说，她早就习惯了昆廷叔叔的说话方式，"你们四个，快把那张地图收起来，把桌子放回去。别叫了，蒂米。乔治，看在上帝的分上，把它弄到外面去，不然你爸爸会发疯的。"

"蒂米只是太兴奋了，因为我们五个又在一起了。"乔治一边说，一边准备把蒂米带到花园去，其他人跟在后面。朱利安微笑着把地图叠起来。

"我们要是能让昆廷叔叔一起来做游戏，"迪克说，"蒂米肯定会把房子拆掉的！朱利安，我们能找到去比利科克山的路吗？什么时候出发啊？"

这时，前门出现了一个提着篮子的人。"妈妈回来了。"乔治说。

朱利安跑过去开门。他非常喜欢这位为人和善的范妮婶婶。范妮婶婶微笑着对大家说："你们已经决定好去哪儿了

吗？把需要带的东西告诉我。能在这风和日丽的天气里露营，你们将会度过一个多么美好的五旬节啊！”

“对，我们已经决定了。”朱利安说着接过婶婶手中的篮子，拿到屋里，“我们要去比利科克山，我们的朋友托比就住在山脚下的比利科克农场。他可以把露营需要的所有用具都借给我们。”

迪克说：“这样一来，我们就不需要带帐篷、垫子和其他东西了。”

“哦，太好了！”范妮婶婶说，“需要准备食物吗？我猜，你们也可以在托比的农场搞到吧。”

“我们不准备在那儿吃饭，”朱利安说，“但会跟他们买些鸡蛋、牛奶或者面包，我们自己做，而且，托比说草莓成熟了！”

范妮婶婶笑着说：“那么，我就不必为你们的吃饭操心了。到时候蒂米会和你们一起去，它会照顾你们的。你不会让他们惹麻烦的，对吧，蒂米？”

“汪！”蒂米摇了摇尾巴，用最庄重的声音回答。

“亲爱的蒂米，”乔治拍了拍它说，“我敢说，如果不是有你做伴，我们永远也不会被允许独自去那么远的地方旅行！”

“范妮婶婶，昆廷叔叔正在气头上呢，”迪克说，“他想知道谁动过他的桌子。他刚才冲出书房，没有看到我们趴在地板上看地图，直接摔倒在我们身上了。”

“哦，天哪，我最好去看看他到底又丢了什么东西，”范妮婶婶说，“他肯定忘了昨天晚上是他自己整理的桌子。他没准儿把许多重要文件都扔进废纸篓里了！”

范妮婶婶匆匆走进书房，大家都笑了起来。

“我们来准备一下吧。”朱利安说，“有托比帮忙，不需要带太多东西。不过要记得带上雨衣，带上运动衫，还有一两张地图。别忘了带蒂米的东西！”

“还有手电筒，”安妮说，“在山洞里探险肯定用得上。哦，最好再带上泳衣，没准儿我们能找到地方游泳呢。现在天气已经够暖和了！”

“还有蜡烛和火柴，我带着呢。”乔治说着拍拍她的短裤口袋，“让乔安娜给我们拿三个盒子带上点糖果吧。”

“对，带着水果软糖。”朱利安说，“我建议带上我们的便携式收音机！”

“哦，好主意，”安妮高兴地说，“这样就不会错过我们最喜欢的节目和新闻了。我猜比利科克山是买不到报纸的。”

“我去车棚把自行车推过来，”朱利安说，“迪克，你去乔安娜那儿拿三明治，她应该已经准备好了。我们晚餐后才能到达托比的农场，路上我们会饿的，到时候就先吃点东西！”

“汪！”蒂米对“饿”这个字再熟悉不过了。

“蒂米，你在提醒我们别忘了你的饼干吗？”安妮笑着说，“我现在就去弄点来。不过我想你到时候可以和比利科克农场的狗狗们一起吃饭。”

乔安娜准备了两大包三明治和蛋糕，还有两瓶橘子汁。“拿着，”她把食物递过来，“如果你们能把这些都吃完，肯定就不会再觉得饿了。这是蒂米的饼干和一根骨头。”

“你心眼最好了，乔安娜！”迪克说着，一把搂住她，乔安娜最喜欢这种令人惊喜的拥抱了，“你很快就能摆脱我们啦！啊，整整一周的假期！天气又这么好，我们很幸运吧？”

“打起精神来！”朱利安喊道，“我们整装待发了，迪克帮我拿上雨衣。”

不一会儿，所有的东西都整齐地放在了自行车筐和后座上。蒂米仔细地闻遍每包吃的，它一定要确保饼干和骨头都已经打包了。闻到期望的味道后，他摇着尾巴，兴奋地蹦蹦跳跳。五个小伙伴又在一起了！谁知道又会发生什么事呢？不过，蒂米一切准备就绪了！

“再见，亲爱的孩子们！”范妮婶婶站在大门口目送他们，“朱利安，照顾好女孩们。蒂米，照顾好大家！”

昆廷叔叔突然出现在窗前。“怎么又吵吵闹闹的？”他不耐烦地问，“哦，他们要出发了吗？我们终于能清净一会儿了！再见，规矩点！别惹麻烦！”

“大人们总是这么说。”安妮抱怨道。

五个小伙伴高高兴兴地出发了，他们按着车铃铛以示告别。“万岁！我们自由啦！蒂米，你也自由啦！太棒啦！”

2

出发去比利科克山

太阳发出炽热的光芒，五个小伙伴在科林湾的沙石路上疾驰而过。蒂米伸着长长的舌头，在他们身边轻快地跑着。安妮总是说那是她见过的最长的狗舌头！

大海像勿忘我一样蓝，他们的自行车沿着海岸线一路飞驰。隔着海湾可以看到科林岛，岛上的科林城堡高耸入云。

“好壮观啊！”迪克说，“真希望我们能在科林庄园度过五旬节，然后游到那边的小岛上去。”

朱利安说：“这些事我们可以等到暑假再做。只要有机会，我们就可以去这边乡下的其他地方探险。托比说，比利科克山的洞穴非常神奇。”

“托比是个什么样的人？”乔治问，“安妮和我从没见过他。”

“他是个爱搞恶作剧的家伙，”迪克说，“比如，把毛毛虫放在别人脖子上什么的。如果他的纽扣眼儿里有一朵华丽的玫瑰，并让你闻一闻，那你可得当心了。”

“为什么？”安妮疑惑地问。

“因为当你弯下腰去闻它时，你就会被喷上一脸的水，”迪克说，“那是朵恶作剧玫瑰。”

“我想我不会喜欢他了，”乔治说，她讨厌这种捉弄人的把戏，“如果他敢对我这么做，我一定会敲他的脑袋。”

“这可不是好主意，”迪克大笑着说，“他虽然不会立刻回手，但他一定能想出更坏的主意捉弄你。哈哈，别拉着脸，乔治，我们这是在度假呢！托比人很好，就是有点蠢。”

自行车队行进在一条两侧种着山楂树篱笆的乡间小路上，科林湾已经被他们远远地甩在身后了。五月已经过去，随处可见的野玫瑰泛出了娇嫩的粉红色。一阵微风吹来，顿时让人身心舒畅。

“到下一个村庄时，我们每人来个冰激凌怎么样？”朱利安说。

“我要两个……”安妮说，“哦，天哪，看前面这座小山，多么陡的坡啊！不知道是慢慢骑上去痛苦，还是把车推上山顶更糟糕呢？”

蒂米飞快地爬到前面那座山的山顶上，坐在凉风中等着孩子们，它呼呼地喘着气，舌头伸得老长。朱利安最先到达山顶，他朝另一边望去。

“那儿有个村庄，”他说，“就在山脚下。我们来看看这是到哪儿了？哦，是滕尼克村。我们去问问有没有冰激凌卖。”

冰激凌当然有，而且还是草莓和香草两种口味的。四个小伙伴把小木勺插进冰筒里，依次坐在小村庄商店外的一棵大树下。蒂米坐在旁边，满怀期望地看着大家，至少它有空冰激凌筒可以舔了。

“哦，蒂米，我没有打算要给你买的，因为你实在是有点胖，”乔治看着蒂米那双盯着冰激凌的棕色眼睛说道，“不过你跟着我们跑了这么远，没准儿会瘦下来……那我就给你买一个吧。”

“汪！”蒂米叫着，马上钻进小店里，把它的大爪子放在柜台上，让站在它后面的女顾客大吃一惊。

“给蒂米吃一整个真是浪费，”看到乔治和蒂米走出来，安妮说，“它只是用舌头轻轻舔舔就狼吞虎咽地吃了下去，没准儿连纸筒也一起嚼烂了。”

休息了十分钟后，伙伴们又出发了，心情舒适又清爽。骑着自行车在六月的乡间游玩真是太怡人了，道旁的树木郁郁葱葱，路边的田野开满黄艳艳的金凤花，成千上万个花骨朵儿在初夏的清风中摇曳。

在这些荒僻的乡间小路上，几乎没有什么车辆来往，只是偶尔有一辆农用拖车或小汽车经过。五个小伙伴尽量沿着小路走，因为他们都喜欢那些古朴的蜿蜒小径，沿途有各种各样的树篱，不像大路那样宽阔笔直，尘土飞扬，无聊乏味。

“我们应该能在四点钟左右到达比利科克农场，或者更快。”迪克说，“朱利安，我们什么时候吃午餐？在哪儿吃呢？”

“一点钟吧，等我们能找到一个好地方。”朱利安说，“现在刚刚 12 点，还没到喊饿的时候。”

“我不饿，就是有些渴了。”安妮说，“我敢肯定蒂米一定要渴死了！我们在下一条小溪边停下来，让它喝点水吧。”

“那边就有。”迪克指着附近田野上的一条小溪说，“嘿，蒂米，去喝口水吧，老伙计！”

蒂米冲过树篱，跃入小溪，开心地喝了起来。大家都下了车，等在路边。安妮摘了一束金银花，把它插在上衣扣眼儿里，说：“好香啊！现在我可以一直闻着它了。”

“嘿，蒂米，给鱼留点水！”迪克喊道，“乔治，别再让它喝了。它喝得像个气球。”

“它才不像气球呢，”乔治说，“蒂米！喝够了！过来，乖孩子，过来！”

蒂米喝了最后一口，然后跑到乔治身边，在她周围跳来跳去，高兴地叫着。

“好了，它现在感觉好多了。”乔治说。

大家继续赶路了，上坡气喘吁吁，下坡欢呼尖叫，开心的笑声随着这片丘陵起伏荡漾。

朱利安决定了午餐地点，就在一座山丘顶上。那里不但可以领略方圆数英里的乡间风光，还能享受凉爽的微风。

“加油啊！”随着朱利安的鼓励声，他们来到了今天遇到的最陡峭的山丘，“我们在山顶上吃午餐，好好休息一下！”

“谢天谢地，”安妮喘着气说，“明天我们肯定累得不能动弹了！”

山顶上的景色真美！绵延数英里的乡村景色一览无余。

“从这里可以看到五个郡，”朱利安说，“不过别问我是哪几个，我可记不住！我们先在石南丛里休息一会儿，然后再吃午餐。”

柔软而舒适的石南丛真舒服，可蒂米不赞成午餐前休息。它现在就想啃骨头！它走到乔治放倒的自行车旁，在她的车筐里嗅了嗅。没错儿，它的骨头肯定在那儿！它四下看了看，确定大家都在休息，没有人注意到它，它便从车筐里扯出一个纸包来。

安妮躺在离蒂米最近的地方，她听到了纸张撕扯的噼啪声，便坐起来吃惊地叫道：“蒂米！你想尝尝我们的三明治吗？”

乔治立刻坐了起来，蒂米的尾巴摇了摇，又无奈地垂下来，好像在说：“对不起，但毕竟这是我的骨头啊！”

“哦，它只是想要它的骨头，”乔治说，“它不是要吃我们的三明治，安妮！”

“没错，不过我现在倒是很想吃一个，”安妮说，“朱利安，我们能吃午餐了吗？我有点渴了。”

一提到喝点什么，每个人都希望赶紧开饭。他们迅速打开装着火腿和西红柿三明治的袋子，还有乔安娜做的水果蛋糕。朱利安找到了小纸杯，小心翼翼地把橘子汁倒出来。

“真是太棒了！”迪克一边吃着三明治，一边眺望着广阔无垠的乡间原野，那里有沼泽地和大片的农田，田里种着绿油油的玉米，还有一座座陡峭的小山，“朱利安，看远处的那座山，就在那儿。你说那是比利科克山吗？它的形状真有趣。”

“我要用望远镜看一看。”朱利安说着从皮箱里拿出望远镜，仔细观察北面那座远山。

“是的，我想那很可能是比利科克山，”他说，“山顶很奇怪，看起来就像一顶旧帽子。”

大家轮流用望远镜观看。接着，乔治把望远镜放在蒂米的眼睛上，说：“也给你瞧瞧吧，蒂米。朱利安，它看起来没那么远。”

“对乌鸦来说是不远。”朱利安说着收起了望远镜，又打量着周围的乡村，“但要穿过那几百条蜿蜒的小路，还有很长的距离。还有三明治吗？”

“没有了，”迪克说，“水果蛋糕也没了。如果你还饿的话，就吃点糖吧。”

糖果被递了过去，蒂米满怀希望地等着轮到它。乔治给了它一颗，说：“这对你没多大用处，你舔也不舔，就直接吞下去了！”

“我们休息半个小时再出发吧，”朱利安说，“老天，我确实觉得困了！”

伙伴们都惬意地依偎在柔软的石南丛中，在午后温暖的阳光下，很快就睡着了。就连蒂米也打起盹儿来，不过它有一只耳朵还是竖着的，以防有人过来。但并没有人经过，事实上，山顶上非常安静。45 分钟过去了，还没有人醒来，直到安妮感到有什么东西爬上了她的胳膊——她惊醒了，猛地一跳。

“啊，一只大甲虫！”她说着，抖了抖手，然后看了看手表，“迪克！朱利安！快醒醒吧！我们必须继续赶路了，否则别想在下午茶前赶到那里了！”

很快，他们又出发了，自行车飞快地从山上冲下来，他们边骑边开心地呼喊着，蒂米在他们旁边跟着狂吠。真的，假期的开始是世界上最快乐的事情！

侦探团四人出门在外，他们身上一共有 45 元，假设朱利安增加 2 元，迪克减少 2 元，乔治增加到原来的 2 倍，安妮减少到原来的一半，这个时候，他们四人的钱一样多，那么他们原来每个人有多少钱呢？

3

比利科克农场

下午，孩子们骑得非常快，如果不是因为蒂米，他们能更快到达比利科克山。蒂米气喘吁吁的，大家每 15 分钟就得停下来让它休息一小会儿。

“可惜蒂米个头太大，”安妮说，“如果它是一只小狗，我们就能轮流把它装在自行车车筐里了。”

比利科克山就要到了。它的形状的确很特别，像一顶老式的帽子。山坡大部分被石南覆盖着，其他地方是坡地草甸，那里是放牛的好去处。再往高处长着更短的细丝草，农夫们在那里牧羊。

坐落在山脚下的是一个布局有些凌乱的农场，里面有厕所、马厩和一个大温室。“那一定是比利科克农场了，”朱利安说，“现在才三点半，这一路真开心。我们看起来又热又脏的，去那边的小溪里洗洗脸吧。蒂米，如果你愿意也可以洗个澡！”

水摸起来又凉又滑，孩子们把水洒在脸上和脖子上，他们都希望能像蒂米那样，舒服地躺在小溪里，让水从身上流过！

“这样好多了，”迪克说着，用一块大手帕擦着脸，“现在我们去比利科克农场看看吧。希望托比记得我们要来，他答应借给我们露营的装备了。”

伙伴们梳理了头发，用手掸了掸衣服上的灰尘，把自己弄得更体面些。田野崎岖不平，所以他们骑得很慢。骑过一条田间小路，便来到农场的门前。大家进入场院，母鸡在他们周围啄食，鸭子在一个圆形的鸭塘中游泳。农场里的狗朝他们大声吠叫，接着有什么东西从农舍的角落里跑了过来，是一个小小的粉红色的东西。

“那是什么？”安妮说，“哦！是一只小猪！多可爱啊！喂，过来，小猪，你从猪圈里逃出来了吗？你可真干净啊！”

这只小猪跑到蒂米身边，发出了滑稽的叫声。蒂米惊讶地坐在那儿，盯着这个意想不到的小东西。它想这肯定是一只没有毛的狗。

小猪轻轻地撞了撞蒂米，顶得蒂米连连后退。“它把蒂米搞晕了！”朱利安笑着说，“蒂米不要乱叫，它不会伤害你的！”

这时屋角出现了一个小人影。他看到五个小伙伴时停了下来。“你好！你是谁呀？”迪克问道。

“多可爱的小男孩！”安妮说，“他是托比的弟弟吗？”

这孩子看上去还不到五岁，有一头明亮的金色鬈发，两只棕色的大眼睛，和他哥哥一样喜欢咧着嘴笑。

“那是我的猪，”他说着慢慢地向他们走来，“它刚刚从我身边跑开了。”

安妮笑着问：“你的猪叫什么名字？”

“卷尾巴。”小男孩指着小猪的尾巴说，“它有一条卷曲的尾巴，伸不直。”

“这真是一条漂亮的尾巴。”安妮说道。

小猪跑向小男孩，他一把抓住它的尾巴。“你怎么又逃走了。”他说着抱起小猪准备离开。

“嘿！这是比利科克农场吗？”朱利安喊道，“你有一个叫托比的哥哥吗？”

“托比？是的，他在那边，”男孩指着一个大谷仓说，“托比和宾基吵架了。”

说完，小男孩带着他奇特的宠物走了。“谢谢！”朱利安笑着说，“他自己就像个宠物。来吧，我们去找托比和宾基。也许宾基是他的另一个兄弟。”

“或者是一只狗。”乔治把手放在蒂米的项圈上说道，“最好小心点，它可能会找蒂米麻烦。”

“是的，宾基也可能是一只狗，没准儿还是个捕鼠能手，”朱利安说，“迪克和我去谷仓找他们，你们两个女孩和蒂米待在这儿。”

两个男孩朝谷仓走去。当他们走近时，听见里面传来了很大的声音。他们听到喊声、吠声和棍子的敲击声。

“抓住它，宾基！看，它从袋子里钻出来了！哦，你这个笨蛋，又让它跑了！”

“汪，汪，汪！”叫声不停地传出来，朱利安和迪克十分好奇地注视着这个阴暗的旧谷仓。他们看见托比正站在那里，往麻袋下面戳着，旁边还有一只兴奋地叫个不停的牧羊犬。

“嘿，托比！”朱利安喊道。托比站起身来，脸红彤彤的，大汗淋漓地看着那两个男孩。

“噢！你们来了！”他说着，快步走到门口，“我还以为你们不来了呢。真高兴见到你们！怎么只有你们两个呢？我准备了四个人的帐篷和装备呢。”

“是四个人，算上蒂米，有五个。”朱利安说，“我们把那两个女孩留在那边和它在一起，蒂米是我们的狗。你的狗友好吗？”

“哦，是的，只要我介绍给它认识。”托比说着和男孩们走出了谷仓。托比的狗宾基一看见蒂米，立刻站着不动，僵住了。它咆哮着，脖子上的毛也慢慢地竖了起来。

“别害怕，”托比对女孩们喊道，“把你们的狗带到这边来，给它半分钟就会好起来的。”

乔治将信将疑地把蒂米领了过来。蒂米对这只大牧羊犬有点提防。托比弯下腰，对着宾基的耳朵说了几句话：“宾基，和这位女孩握握手，她是我的朋友。”

托比对乔治点点头说：“伸出你的手。”

乔治弯下腰，向牧羊犬伸出手来。宾基立刻举起爪子，庄严地摇了摇她的手。

“该你了。”托比对安妮说。安妮喜欢上了这只名叫宾基的狗，它有着明亮的棕色的眼睛和长长的光滑的鼻子。

“你们的狗也会握手吗？”托比问道。见乔治点点头，托比惊喜地说道，“真的？好的，来让它和宾基握握手吧。宾基，握手！”

“蒂米，握手！”乔治命令道。两只狗都很有礼貌，又很严肃地摇着爪子，谨慎地相互打量着。蒂米突然呜咽了一声，接着两只狗便一起叫着，在院子里互相追逐、打滚儿，开心地玩起来。

“这就好了，”托比高兴地说，“只要它肯握手，其他就没问题了。我训练过它。不过它就是抓不住老鼠，是个糟糕的捕鼠者。现在我带你们去见见我妈妈。她准备了非常棒的下午茶，正等着你们呢。”

这一切都正如他们所愿，非常令人满意。安妮侧望着托比，认为他很不错，乔治却不太确定。她看到他的纽扣孔里有一朵玫瑰花，那是捉弄人用的吗？他会叫她闻闻吗？

“我们刚才看见一个金发小男孩，”安妮说，“还带着一只小猪。”

“哦，那是班尼和他的宠物，”托比笑着说，“他管它叫卷尾巴。班尼非常喜欢它！我们给过他小猫或小狗，可他都不要，他就想要那只小猪。他们形影不离，就像歌里唱的玛丽和她的小羊羔①！班尼真的是个小可爱。你知道，小兄弟

---

① 指的是美国儿歌《玛丽有只小羊羔》(*Mary Had a Little lamb*)，歌中唱道，不管玛丽到哪里，羊羔总要跟着她，这就像文中班尼和他的小猪的关系。——编辑注

通常都是讨厌鬼，但班尼可不是。”

“小妹妹有时也有点讨厌，”迪克说着，狡黠地瞥了一眼安妮，“不过，安妮还不错，对吗，朱利安？”朱利安立刻狠狠地给了他一拳。

托比的妈妈托马斯夫人是位胖胖的、快乐的女人，她的笑容和托比、班尼的一样灿烂。她非常欢迎大家的到来。

“快进来，”她说，“托比很高兴你们能来附近露营。他准备好了你们的帐篷和毯子。你们每天都可以来这儿拿鸡蛋、牛奶、面包、黄油和任何需要的东西。想要什么尽管开口！”

突然，小猪卷尾巴慌慌张张地尖叫着冲进了屋里。

“快停下！”托比的妈妈说，“又是这只小猪。班尼，班尼！你不能让卷尾巴进屋来。猫猫狗狗我不介意，但是猪绝对不行！班尼！”

班尼进来了，看上去非常抱歉。他说：“对不起，妈妈，但是卷尾巴今天很兴奋。哇，好棒的点心啊！我们能吃点吗？”

“你们想喝茶，还是来点我们农场的全脂牛奶？”托比的妈妈问大家。

“要牛奶，托马斯夫人。”安妮说，伙伴们都这么说。在这样的大热天里，没有什么比牛奶里的乳脂更美味了。

大家都坐下来喝下午茶，四个小客人现在真后悔中午吃得太多了！桌子上放着一条大火腿，还有刚出炉的面包。水灵灵的新鲜生菜，红色的小萝卜整齐地码放在一个大玻璃盘子里。餐具柜上有一个巨大的蛋糕，一盘司康饼，旁边是大块的黄油和香浓的牛奶，还有蜂蜜和自制果酱。

“我真希望现在肚子饿得空空的，”迪克说，“这简直就是专门为饥饿的人准备的大餐。”

“我以为你们午餐不会吃太多呢。”托马斯夫人说，“那么，托比，你是主人。请招呼好你的客人。还有，班尼，把你膝盖上的小猪放下来。我不会允许它坐在餐桌旁的。”

“如果卷尾巴看到那条火腿，它会很难过的，”托比狡猾地说，“这是它的祖父！”

班尼赶紧放下卷尾巴，生怕它的感情受到伤害。小猪跑过去坐在蒂米的旁边，吓了蒂米一跳，但它也很高兴，马上给卷尾巴腾出了地方。

这顿饭大家吃得很开心，托比真是个好主人。安妮坐在小班尼旁边，她发现自己比先前更喜欢他了。“他就像故事里的小男孩，”她对乔治说，“应该为他和卷尾巴写本书！”

“好了，大家都吃饱了吧，”托马斯夫人说，“你们怎么计划的？托比，告诉大家你把帐篷和其他东西都放哪儿了，然后他们就可以决定去哪里露营了。”

“那就开始吧。”托比说。班尼、卷尾巴和宾基也都跟来了，“帮我来搬东西。我们可以到比利科克山去找个好露营地。真希望我也能和你们一起露营啊！”

他们跟着托比离开了，晚餐虽然吃得很撑，但很开心。今晚在哪儿露营呢？透过帐篷的空隙仰望夜空中的繁星，该多么美好啊！

4

很棒的露营地

托比把露营装备都放在了谷仓里。他把大家带到那儿，班尼和小猪在后面跟着。宾基也来了，现在它和蒂米成了好伙伴，它俩肩并肩走着，时不时地像男孩们一样互相推推搡搡。

朱利安和迪克看着那堆帆布、钉子和绳子。这两顶帐篷很不错，不过如果天气一直像今天这么好的话，几乎就用不到帐篷了！他们可以把毯子直接铺在柔软而有弹性的石南丛上。

“真不错，托比，”朱利安感激地说，“你竟然还准备了水壶和煎锅。”

“嗯，我猜你们没准想做点饭，”托比说，“或者煮汤。还有一个炖锅呢，啊，在这里！”

他把锅拎起来，猛地戴在班尼的头上，紧紧地贴着他的

金色鬈发。班尼大喊大叫，向托比冲过去，用小拳头打他。小猪害怕地跑开了，消失在房边拐角处。

安妮把锅从可怜的班尼头上拿下来。“没事的！”她说，“就像戴了一顶滑稽的帽子，对不对？”

“卷尾巴又跑了！”班尼用手捶着笑嘻嘻的托比，哭了起来，“我恨你，我恨你！”

“你快去找它吧！”托比躲开生气的班尼说。班尼撒开他那胖胖的小短腿去追卷尾巴了。

“嗯，我们可以甩掉他几分钟了。”托比说，“现在，还有什么我没想到的？我想你们有手电筒吧？蜡烛和火柴呢？”

“我们都带了，”迪克说，“我们还带来了雨衣和泳衣，就这些了。我看你还拿了几条毯子，是怕我们冻着吧？”

“唔，天气有可能会变得又湿又冷。”托比说，“当然，如果万一下雪或类似的坏天气，你们就得过来再多借些毯子！现在，我帮你们把东西放在自行车上吧？”

要把所有的东西装在四辆自行车上真不容易，最后托比找来了一辆手推车，孩子们把所有的东西都塞了进去。

“我们下次再来取自行车吧。”朱利安说。

“把它们留在这儿，没事！”托比说，“你们现在要走了吗？那我去拿我妈妈给你们准备的包裹，有火腿、新下的鸡蛋、面包和黄油什么的。”

“她真是太好了。”朱利安感激地说，“那我们准备出发吧。东西已经放在手推车里，就等着食物了。迪克，我们俩一起推手推车，得两个人才能推上山。我们在山坡上找个地方扎营吧，这样就有好风景看了。”

托比拿来了一大袋食物。班尼跟在他后面小跑着，手里提着一筐成熟的草莓。

“这是我帮你们摘的。”班尼说，笑着把筐递给了安妮。

“好漂亮啊！一定非常美味，谢谢你，班尼。”安妮说着给了这个微笑的小男孩一个大大的拥抱。

“我能来看你们的营地吗？”他问，“我能带上卷尾巴吗？它从没见过露营。”

“当然可以，”安妮说，“朱利安，准备好了吗？要不要带些牛奶？托马斯夫人说我们可以拿一些。”

“哦，是的，我忘了。”托比说，“等等我，我这就去牛奶场取。”他和宾基一起匆匆离去，其他人把所有的东西都整齐地摆放在手推车上。很快，托比拿着两大瓶子牛奶回来了。他小心地把牛奶放置在手推车的一个角落里。

“嗯，这回都准备好了。”朱利安说，他和迪克开始推着小车沿着小路向大门走去。蒂米和宾基跑在前面，其他人都跟在后面。班尼和卷尾巴也来到门前，托比打发他回去：“班尼，你知道妈妈是怎么说的。你现在不能和我们一起去。宾基和我很晚才会回来的。”

班尼撇撇嘴巴，并没有试着跟上去。他把卷尾巴抱起来，以防那只小猪跟着其他人跑了。

“班尼好可爱，”安妮说，“真希望我也有一个像他一样的弟弟。”

“他是很好，”托比说。“不过，有点像个小婴儿。我得好好教教他，让他不那么幼稚，能够照顾自己。”

“这一点他似乎没问题，”迪克说，“想想刚才你把炖锅放在他脑袋上的时候，他是怎么对付你的——左右开弓！”

“班尼是个有趣的小男孩，”托比一边说，一边拉着手推车来到山坡上，“他的宠物总是很特别。两年前，有一只小羊羔一直跟着他。去年，有两只小雏鸟跟着他，当它们长成大雁时还跟着他！有一天，它们竟然摇摇摆摆地走上楼去了！”

“而今年他竟然养了一只猪！”乔治说，她和安妮一样，对班尼很感兴趣，“你们不觉得蒂米和卷尾巴在一起很滑稽吗？我相信它仍然认为卷尾巴是一只没有毛的小狗呢！”

他们沿着一条狭窄的小道走上山。手推车颠簸摇晃，得同时需要四五双手来推动。

“还要多远？”托比气喘吁吁地说，“你确定我们不是直接到山顶吗？”

“不用那么高，”朱利安说，“大约在半山腰吧，我们真的想找到一处好风景，我想就快到了。大家休息一会儿吧。”

他们坐下来，很高兴能喘口气。毫无疑问，这里的景色非常壮观。远处地平线上是看起来略微发紫的小山，山前是绵延数英里的绿色和金色相间的原野。绿色是种植玉米和牧草的地方，金色是金凤花盛开的地方，在六月这段阳光明媚的日子里，金凤花开得正艳。

“我喜欢那些在绿色的田野里绕来绕去的银色丝线，”安妮说，“我是说那些小河或小溪，它们就像蛇一样蜿蜒曲折！我喜欢那些树木形成的深绿色斑块。”

“那是什么？就在下面。”乔治问，她指着一大片空地，中间有个大大的棚子。

“那是一个机场，”托比迅速回答道，“有点神秘。那儿有秘密飞机在试飞。我的一个堂兄是那里的飞行中尉。他有时来看我们，给我讲一些好玩的事情。这是一个试验场。”

“试验场是干什么的呢？”安妮问。

“嗯，在那里尝试新的想法，”托比接着说，“他们主要研究的是非常小的飞机，我猜是战斗机。如果你听到机场偶尔发出响声和爆裂声，也不用害怕。我也不知道那是什么声音，反正都是和他们的试验有关的。”

“真希望能到机场看看，”迪克说，“我特别喜欢飞机。等我长大了，一定要去当飞行员。”

“那么你最好见见我堂兄，”托比说，“没准儿他会带你到飞机上看看。”

“我真想见见他，”迪克高兴地说，“朱利安也是。”

“我们继续走吧，”朱利安站起身说，“我们不会爬得太高，这里的景色在任何高度上都不会太差！”

乔治和安妮继续在前面探路，想寻找一个好的露营地，三个男孩把手推车慢慢推过石南。最终蒂米找对了地方！它在前面跑着，感到口渴，一听到有流水声时，立刻朝那儿跑过去。

突出的岩石下，涌出了一缕清泉。泉水在岩石形成的平台上荡漾开来，消失在下面茂盛的草木中。灯心草的长势显示出小溪前进的路线，有了这些深色的灯心草的衬托，乔治敏锐的目光能看到溪水一路流下山坡，直到很远。

“朱利安！快来看蒂米找到了什么！”乔治一边看着蒂米喝着清澈的泉水，一边喊道。一眼清泉从山间涌出，还有比这更好的露营地吗？

朱利安松开手推车过来查看：“太聪明了！就是这儿了！绝美的风景，大片的石南，还有充沛的水源！”

每个人都同意这个好主意。很快，所有的装备都被从手推车上卸了下来。他们没有搭帐篷，因为所有人都打算晚上睡在星光下。天气很暖和，没人想躺在闷热的帐篷里！

安妮打开了食物包裹，想找个凉爽的地方做食物橱。她走到泉水流出的岩石边，拨开灯心草，发现泉水下面藏着一个小洞，是由岩石构成的。

“里面肯定非常凉。”安妮想。她把手穿过流水，伸到洞里。是的，里面凉得像冰一样，“能容纳得下奶瓶和其他东西吗？嗯，差不多。”

安妮喜欢布置东西，她很快就把食物和牛奶放进她奇特的食物橱里。乔治看到后笑着说：“真有你的，安妮！嗯，我们最好在泉水边放一条毛巾，不然每次拿东西都会淋湿的。”

“告诉蒂米它可别想把头伸进我的食物橱里，”安妮说着把蒂米推开，“哦，现在它浑身湿透了。去别的地方甩，蒂米，你在用水滴给我洗澡吗！”

托比的晚餐时间已经过了，他不得不离开他们回农场了。“明天见！”他说，“我真希望能和你们一起露营！再见！”

他跟着宾基下山去了。伙伴们互相看着，都咧嘴笑了起来。

“他确实很好，但是我们独自待着更好，”乔治说，“来吧，让我们安顿一下。这真是我们迄今为止最好的营地了！”

小伙伴们在哪里找到了露营地，一个好的露营地应该具备哪些条件呢？

5

晨间拜访者

“几点了？”朱利安看看表，“天哪，马上八点钟了！都困了吗？”“困了。”大家异口同声地回答，蒂米也附和着。“骑了一天的车，又把东西搬上来，我已经筋疲力尽了。”迪克说，“我们晚上从安妮的食品橱里拿些东西，简单吃一点，然后舒服地躺在石南上，在星空下入睡。帐篷里太闷了，躺在石南上我们可以感受暖暖的微风，你们觉得怎么样？”

“好主意，我们都赞成。”朱利安说，“安妮，你说我们吃点什么呢？”

“面包，黄油，再来点托马斯夫人农场的奶酪，还可以再来一两个西红柿，泉水制冷的冰牛奶，甜点就来点班尼摘的草莓。”

“听起来真美味。”朱利安说道，“蒂米，你觉得怎么样？安妮和乔治准备晚餐，我和迪克把床铺整理好，这样我们就

能尽快休息了。我肯定一躺下就再也不想起来了。”

“我也是。”迪克说着和朱利安去找合适的地方铺床。他们很快就找到了一处开满荆豆花的灌木丛，灌木丛前面就是片密密麻麻的石南，比世界上最柔软的床垫还舒服，迪克坐上去，和朱利安相视一笑，“简直是为我们量身定做的，真是太舒服了，根本用不着垫子。拉我起来，我一坐下腿就软了。”

朱利安拉起迪克，并把女孩们叫来：“安妮！乔治！把晚餐拿到这边来。我们找到一个好地方，就在荆豆花丛边上。”

女孩们准备好食物，男孩们从手推车取来毯子铺在石南上。“真是个好地方。”乔治说着和蒂米走过来，拿着一大块面包，还有黄油和西红柿。安妮拿来牛奶，蒂米则带着自己的一袋子饼干。

“花丛能帮我们挡风，”迪克接过牛奶，“风景也超级棒，真是个理想的露营地。”

晚餐吃得很开心，孩子们席地而坐，看着太阳渐渐西沉。天色并不太暗，所以他们不需要点蜡烛。他们收拾停当，在潺潺的泉水里洗漱干净。

天还没完全黑，伙伴们已经在石南铺上躺下了。“晚安！”迪克说完很快就进入梦乡。“晚安！”朱利安回答，躺着的他看到天空渐渐变得深邃了……

蒂米和女孩们又玩了一会儿，想挤在她俩中间。“别动了，蒂米。记着，你得替我们放哨。我可不希望在一英里范围内有人靠近我们，除了比利科克农场的人。”乔治说，“快趴下，不然我赶你下去了！晚安，安妮！”乔治和蒂米很快也睡着了。跑了一天，蒂米真的累得够呛。

安妮仰望着天空，星星又大又亮，闪烁着金色的光芒，她开心极了。“我不想长大，”她想，“再没有比和伙伴们在一起更幸福的事情了，我真不想长大。”

安妮也睡着了。夜幕悄悄地降临，天上繁星闪耀，几乎什么声音也听不到，只有潺潺的泉水声和远处的狗吠声，那也许是农场里的宾基。随着微风渐渐平息，周围一点声音也没有了。

那天晚上除了蒂米，没有人再醒来。它听到头顶上传来“吱吱”的声音，竖起了一只耳朵。又响了，蒂米睁开了一只眼睛。原来是一只黑色的小蝙蝠在空中盘旋俯冲，寻找昆虫。它的吱吱声频率极高，只有蒂米敏锐的耳朵听得到。最后，蒂米耷拉下耳朵，睡着了。

大家睡得很沉，直到一个很大的声音把他们惊醒。“嗡——嗡——”他们吓了一跳，坐直了身子。那是什么声音？

“是一架飞机，”朱利安抬头看到一架小型飞机飞过山顶，“肯定是从下面的飞机场飞来的！天哪，已经九点零五分了！我们已经睡了将近十二个小时了！”

“嗯，我打算再睡一会儿。”迪克说完又闭上了眼睛，依偎在他那软软的石南床上。

“不能再睡了，多好的天气啊，不能浪费了！女孩们，你们醒了吗？”

“是的，”乔治坐了起来，揉着眼睛说道，“被飞机吵醒了，安妮也是。蒂米好像去追兔子了。”

“大家要去泉水边洗漱才行，”安妮从石南上爬起来说，“我和乔治去准备早餐，有人想吃煮鸡蛋吗？”

太阳已经高高地挂在蓝天上，微风轻拂，大家都用清凉的泉水洗了脸。蒂米渴了，大口地喝着水，弄得满脸都湿乎乎的。

洗漱过后，他们开始准备早餐。在大灌木丛的庇护下，火很容易就生起来，锅里的鸡蛋也很快就煮熟了。面包、黄油和西红柿伴着凉牛奶，大家就这样享受了一顿简单而美味的早餐。

这时，蒂米突然叫了起来，不过看到它的尾巴一直左右摇摆的时候，大家猜到一定是托比来了。他们听到宾基回应蒂米的叫声，接着就看见它气喘吁吁地出现了。宾基兴奋地和蒂米打招呼，然后绕着大家舔了个遍。

“大家好！”托比的声音从树丛后远远地传来，“睡得好吗？你们才刚吃完早餐呀？你们这些大懒虫！我六点就起床了，挤牛奶、打扫牲口棚、喂鸡，还有捡鸡蛋，都干完了。”

大家听完都觉得不好意思了。他们崇拜地看着托比，他真是个称职的农夫！

“我又给你们带来了一些牛奶、面包、鸡蛋和蛋糕。”他说着放下篮子。

“你真是太好了，”朱利安说，“我们不能白吃你农场里的食物。你知道昨天和今天的这些东西要多少钱吗？”

托比说：“我妈妈说不需要付钱，但我想你们肯定会坚持的。所以我决定你们每付一次钱，我就把钱装在盒子里，最后用这些钱给我妈妈买一件东西，作为你们送的礼物，怎么样？”

“真是个好主意，”朱利安说，“我们不能白白接受这些食物。不过我了解妈妈们，她们不喜欢我们用金钱回报她们的好意！那么就照你说的办。现在，你把钱算一算，我付给你。”

“好的，”托比用商人的口气说，“我会按市场价计算，而不是最高价格。你们来整理我带的东西，我顺便计算。”

男孩们把所有的东西都拿到小溪边，女孩们负责清洗，然后放在安妮的食品橱里。托比给朱利安写了一张整整齐齐的账单，朱利安立刻付了钱。托比签收了账单，递还给他。

“给你，非常感谢。”托比一本正经地说，“你们今天有什么打算？这儿有很神奇的岩洞可以去看看，或者去蝴蝶农场，还是你们想去我家的农场玩呢？”

“今天不去你家了，那样太麻烦你妈妈了。我也不建议去看岩洞，今天阳光这么灿烂，岩洞里太黑暗恐怖了。你们有什么建议吗，女孩们？”

但还没等他们决定，宾基和蒂米就开始狂吠起来，它们俩都一动不动地站在那儿，盯着巨大的荆豆丛的方向。

“谁在那儿？”乔治说，“蒂米快去看看！”

蒂米钻进灌木丛，宾基紧随其后。接着他们听到一个惊讶的声音：“你好！宾基！你怎么上山来了？这是你的新朋友吗？”

“是格林格尔先生，”托比说，“他是蝴蝶农场的主人之一。他经常带着捕网到山上来，这儿是扑蝴蝶的好地方。”

一个男人从灌木丛后走出来，看起来有些古怪。他留着长长的头发，有点邋遢，眼镜眼看就要从鼻子上滑下来了。他手里拿着一个大大的捕网，看到孩子们，突然停下来，说：“哦，你们好！托比，这都是谁呀，人真不少啊。”

“他们是我的朋友，格林格尔先生。我来介绍一下，这是朱利安·科林，迪克·科林，安妮·科林，和乔治·科林，他们是堂兄妹。这是他们的狗——蒂米。”

“哈，真高兴见到你们。”格林格尔先生说着向前一步，把大捕网搭到肩膀上。他向四个堂兄妹逐个点点头，厚厚的眼镜后面闪着明亮而好奇的目光，“三个男孩和一个女孩，非常不错。在这片可爱的乡间，你们可不要乱丢垃圾或者火种啊。”

“我们绝对不会的！”乔治说，格林格尔先生以为她是个男孩，这让她很高兴，“格林格尔先生，我们能去您的农场看看吗？我们真的很想去看看！”

“当然可以，我可爱的小伙子，没问题。”格林格尔先生的眼睛忽闪着，显得非常高兴，“我们不常有客人，所以一有客人来就是大事。跟我来吧，这边走。”

6

蝴蝶农场

格林格尔先生领着大家走下山坡。这是一条隐藏在杂草里的小路，几乎看不到它的痕迹。走到半路的时候，大家听到了一声尖叫，接着是一个激动的声音。

“托比，托比！我在这儿！我能跟着你们吗？”

“那是班尼，还有卷尾巴！”安妮看着他们兴奋地往这边跑来，非常高兴。蒂米跑到卷尾巴旁边，这儿闻闻，那儿嗅嗅，还是不确定它到底是种什么奇怪的小动物。

“你来这里干什么？”托比严厉地说，“你知道你不应该离开农场太远。班尼，总有一天你会迷路的。”

“卷尾巴跑掉了，我追它呢。”班尼棕色的大眼睛凝视着托比。

“我看你是想知道我去哪儿，就和卷尾巴跟着我吧。”托比说。

“是卷尾巴跑了，它跑得很快！”班尼都要哭出来了。

“班尼，你这个小坏蛋，”托比说，“你把那只猪当作到处乱跑的借口。爸爸知道了会揍你的。好了，现在我们要去蝴蝶农场了。如果卷尾巴再逃跑，那就让它走好了！我烦透那只猪了。”

“我会抱着它的。”班尼把小猪搂在怀里。可不一会儿，他就不得不把卷尾巴放在地上，因为小猪的叫声太大。蒂米和宾基一直关切地围着班尼又跳又叫。

“我们能继续前进了吗？”格林格尔先生在前面问，“今天我们要来一个大聚会。”

“您的蝴蝶怕猪和狗吗？”班尼跟在他旁边问，“我们要把它们关在外面吗？”

“不要问愚蠢的问题，班尼。”托比说。突然他喊了一声，抓住格林格尔先生的胳膊，“先生，快看那只蝴蝶。是不是很稀有的品种？您不想抓住它吗？”

“不是，”格林格尔先生冷静地说，“那是一只棕眼蝶，很常见。难道你们学校什么也不教吗？真想不到！”

“朱利安，我们有蝴蝶课吗？”托比笑着说，“格林格尔先生，您来教我们关于白菜蝴蝶和花椰菜菜蛾、红蛱蝶、蓝队长蝴蝶、孔雀蝴蝶和鸵鸟蛾……”

“别犯傻了，托比！”朱利安打断道，格林格尔先生没有一点幽默感，他并不觉得托比的话很滑稽，“格林格尔先生，这儿有很多稀有蝴蝶吗？”

“是的，没错。不仅如此，这里有大量品种各异的蝴蝶，我们想抓多少就有多少。你知道一只蝴蝶意味着数以百计的卵。我们把它们孵化出来，然后销售出去。”

他突然冲到一边，差点把乔治撞倒。“对不起，小伙子！”他说，大家都笑了起来，“那儿有一只红边小灰蝶，非常罕见，我今年头一次看到。待在那儿别动。”

孩子们和狗狗们同时屏住呼吸，一动不动地站着，格林格尔先生踮着脚尖走向那只深棕色的小蝴蝶，它正在花朵上舒展翅膀。随着快速地向下一扑，捕网把植物罩上了，蝴蝶专家抓住了这只正在飞舞的昆虫。他把网往里捏，给孩子们看里面的小东西。

“快来看，一只雌性的棕色红边小灰蝶，在盛夏里常能看到的蓝蝴蝶家族的一员。它会给我们下很多很多卵，然后它们会孵化成肥得像蛞蝓一样的毛毛虫……”

“但是这并不是一只蓝色的蝴蝶呀，”安妮说，“它是深褐色的，翅膀边缘有一排漂亮的橙色斑点。”

“尽管如此，它确实属于蓝蝴蝶家族，”格林格尔先生说着，用手指轻柔地把它拿出来，放进一个挂在他肩上的锡盒里，“它很可能刚从山谷里的某片干草地上飞出来。进去吧，我的小美人！”

“格林格尔先生，快！这里有一只非常可爱的蝴蝶！”乔治喊道，“它有绿色的前翅，上面有红色的斑点，红色的后翅上有一圈可爱的深绿色边缘。哦，快点！我肯定您想要这个！”

“那不是蝴蝶。”迪克说，他对蝴蝶很有研究。

“我也这么想！”格林格尔先生一边准备要捕捉，一边说道，“这是一只蛾子，一只可爱的小东西！”他下了网，那只漂亮的红绿相间的小昆虫惊恐地在里面乱撞。

“可是蛾子只在晚上活动啊，白天不出来。”乔治争辩道。

“瞎说。”格林格尔先生透过厚厚的眼镜片观察着这只蛾子，“现在的男孩子们都在干什么？我小时候，几乎所有男孩子都知道，有日行蛾，也有夜行蛾。”

“可是，”乔治站在格林格尔先生面前想继续争辩。格林格尔先生看了她一眼，“这是一只六斑点日行蛾，”他慢条斯理地说，好像对方是一个小婴儿，“它喜欢在炎热的阳光下飞行。请不要再跟我争论，我不喜欢这种无知言论。”

乔治还想再反驳，迪克戳戳她低声说：“他是对的，傻瓜。你对飞蛾了解得不多，所以什么也别说了，否则他就不会让我们跟他一起去蝴蝶农场了。”

“我想抓两三只这种蛾子，它们颜色鲜艳，个头很大。其实，多找几只，你们就会区分了。”

每个人都开始四下搜寻，走过的每一丛小草他们都要拨弄拨弄。蒂米和宾基兴致最高，它们开始单独行动，到处嗅来嗅去，虽然不清楚应该找什么，但是玩得很开心。

孩子们有点后悔请求去参观蝴蝶农场了，因为他们跟着格林格尔先生走了好久才到达目的地。迪克跟安妮悄悄地说："不是看看这个就是瞧瞧那个，捉到标本后得做那么多项检查，还有那么多长篇大论。"

"您把蝴蝶和蛾子放在那些玻璃房子里吗？"朱利安问。

"是的。"格林格尔先生答道，"跟上来，来看看我和我的朋友布伦特先生的成果。他今天出门了，不能介绍你们认识了。"

这的确是个奇怪的地方。那间小农舍看上去岌岌可危，好像随时都要倒塌。有两扇窗户破了，一些瓦片从屋顶上掉了下来。但是玻璃房子装修得很好，玻璃窗非常干净。显然，两位蝴蝶专家把蝴蝶和飞蛾看得比他们自己重要多了。

"只有您和布伦特先生两个人住在这儿吗？"迪克好奇地问，这该是多么奇怪和孤独的生活啊。

"哦，不是的，简斯夫人帮我们做家务。"格林格尔先生说，"有时她的儿子来这里做些修修补补的小活儿，还负责打扫所有的蝴蝶房。老夫人受不了任何昆虫，所以她从不到玻璃房里来。"

这时，一个看起来很像巫婆的老妇人，正透过小屋的一扇窗户盯着他们。安妮害怕得不敢看她。"不用怕，她不是坏人。"托比笑着说，"我们的厨子认识她，她经常来我们农场买鸡蛋和牛奶。她老得牙齿都掉光了，所以说起话来嘟嘟囔囔的，看起来更像个巫婆了。"

10

“我不敢看她，”安妮说，庆幸终于走进第一个玻璃屋，“哇，好多蝴蝶啊！”

成百上千的蝴蝶在空中自由地飞舞，还有许多蝴蝶独自或者和同伴停在小隔间里。

孩子们看见玻璃房里长着许多灌木和植物，有些上面还插着细布条做的长筒，两头系在一起。“这些布筒里装的是什么？”迪克问，“哦，我知道了，都是毛毛虫！我的天，它们正在吃东西！”

“没错，我说过我们在养殖蝴蝶和飞蛾，”格林格尔先生回答。他打开一个细布袋子的一端，这样大家看得更清楚了，“这种蝴蝶的幼虫以这种植物为食。”

孩子们聚精会神地看着这几十条绿色的毛毛虫，它们身上有红黄相间的斑点，全都在贪婪地啃食着树上的嫩枝。格林格尔先生解开了另一个细布袋子，他们看到了一些更大的毛毛虫，绿色的身体上长着醒目的紫色条纹，尾部还有一个奇怪的黑色犄角。

“这是女贞鹰蛾毛虫。”格林格尔先生说，朱利安和迪克点点头，他们认得这些绿色的大毛虫。

“为什么叫女贞鹰蛾呢？”安妮问，“我知道有很多种鹰蛾，可是为什么都带个‘鹰’字呢？”

格林格尔先生显然认为这是一个相当聪明的问题，他对安妮微笑着说：“你没见过鹰飞行吗？嗯，这种飞蛾飞起来非常有力，很引人注目，就像猎鹰一样。”

“您并没有用女贞喂毛毛虫，”乔治说，“但是您说它们叫女贞鹰蛾。”

“这附近没有种植女贞，所以我喂它们接骨木，是我自己种的，它们还挺喜欢吃的。”

蝴蝶农场真是有趣，孩子们在玻璃房里观察各种各样的毛毛虫，欣赏可爱的蝴蝶标本，惊讶于那些奇形怪状的蛹茧。格林格尔先生小心翼翼把它们收藏在盒子里，期待孵化出完美的蛾子或蝴蝶。

“就像魔法一样，”他眼睛闪耀着光芒，敬畏地说，“有时候，我觉得自己就像一个魔法师，捕网就是我的魔杖！”

他一边说，一边像挥魔杖般左右挥舞着捕网，孩子们觉得很不自在。他真是个怪人。

“这里热得厉害，”朱利安突然说，“我们已经看得够多了，出去透透气吧。再见，格林格尔先生，谢谢！”

出来后，大家都大口呼吸着新鲜空气。就在这时，身后传来一阵嘶哑的喊声：“滚出去！滚出去！”

你知道蝴蝶是怎样长大的吗?

7

简斯夫人、蜘蛛和池塘

蒂米和宾基都狂吠起来。孩子们转过身，看到那个像女巫一样的老妇人站在那里，灰白的头发垂在脸上。

“怎么了，简，呃，简斯夫人？”朱利安说，幸亏还记得格林格尔先生告诉他的那个名字，“我们没有做什么坏事。”

“我儿子不喜欢陌生人来这儿。”简斯夫人小声地嘟囔，孩子们几乎听不到她在说什么。

“但是这个地方属于格林格尔先生和他的朋友。”迪克疑惑地说。

“我告诉你们，我儿子不喜欢陌生人在这儿。”老妇人一边挥着拳头，一边又喃喃地说。

蒂米不喜欢这样，它开始咆哮。老妇人立刻用手指指向它，咕哝了一长串古怪的词，安妮害怕地往后躲。真的，简斯夫人看起来简直和女巫一模一样，连声音也很像。

蒂米突然停止了咆哮，垂下尾巴，蹑手蹑脚地靠在乔治

身旁。乔治很是惊讶。

“看来她是想对蒂米施咒。”迪克笑着说，但这玩笑安妮和乔治可吃不消。

乔治抓住蒂米的项圈，赶紧跑开了，安妮紧随其后。男孩们大笑起来。宾基追上了蒂米，托比大胆地对这个古怪的老妇人说：“您的儿子又不在这儿，凭什么下逐客令？”

突然，老妇人泪如泉涌，她把瘦骨嶙峋的双手绞在一起。“他会打我的，”她哭着说，“他会扭我的胳膊！走开！快走！如果他来了，会把你们赶走的。他是个坏人，我的儿子是个坏人！”

“她疯了，可怜的老太婆，我们的厨子经常这么说。”托比同情地说，“她的儿子以前还不错。他很会修理，我们还请他到农场来修过屋顶之类的东西。但是他现在不像以前那么好了。来吧，我们走。格林格尔先生不是也有点古怪吗？”

在去追两个女孩的路上，朱利安仍然感到不安和紧张。

“格林格尔先生的朋友，就是那个布伦特先生，他是什么样的人呢？”朱利安问道。

“我不知道，从没见过他。”托比说，“我想，他大部分时间都在出差，卖虫卵、毛虫之类的标本，当然还有完美的飞蛾和蝴蝶。”

“我很想再去那个蝴蝶房看看，但格林格尔先生让我感到很紧张。”迪克说，“那副厚眼镜后面的眼睛是那么明亮和犀利，让人觉得他根本不需要戴眼镜！”

“嘿，乔治！安妮！”朱利安喊道，“等等，我们来了。”他们追上了女孩，朱利安对乔治笑着说：“你是不是以为蒂米会变成一只黑甲虫什么的。”

“没有，当然不是，”乔治红着脸说，“我只是不太喜欢她，她那样用手指着蒂米，难怪它会咆哮。”

“你没有听到她说她儿子的话，”迪克说，“你们走后，她哭得像什么似的，说如果我们不走，她儿子就会打她，扭她的胳膊，但他根本就不在那儿！”

“她疯了，”乔治说，“我再也不想去那儿了。我们现在干什么去呢？”

“到我们的露营地去吃午餐，”朱利安马上说，“托比，跟我们一起去吧，还是你得在农场干活？”

“不用，我都干完了。”托比说，“我想和你们一起在山上吃饭。”

不久，他们就回到了露营地。一切都和他们离开时一样，荆豆从下整齐地放着毯子和其他小东西，还有安妮食品橱里的食物在等着他们。

这顿饭非常好笑，托比制造了一些愚蠢的恶作剧。最好笑的是他拿出一只巨大的假蜘蛛，腿还在颤抖。趁着安妮和乔治去拿食物的时候，他用一根细尼龙线把它挂在旁边的荆豆丛上。迪克咧着嘴笑起来。

“一会儿看看安妮的反应。”他说，“乔治总是说她不害怕蜘蛛，但像这样的大蜘蛛太令人毛骨悚然了。”

确实是可怕。安妮正吃着班尼摘的草莓，上面粘着他妈妈慷慨赠送的奶油，这时，她忽然看到那只大蜘蛛就挂在乔治的头顶上，在微风中颤动着。

“啊！”她连连尖叫，“噢，乔治！小心！你头顶上有一只大蜘蛛！”

“什么？乔治怕蜘蛛吗？”托比喊道，“和所有的女孩子一样？”

乔治怒视着他。“我一点也不怕！”她冷冷地说。

“那太好了，我很高兴你不怕，”托比说。“要是你害怕的话，我就该叫你的真名了，是乔治娜吧？”

“乔治快跑！”安妮叫着，紧张地打翻了草莓，“我跟你说，它就在你的头顶上，它的腿还在动，好像要在你头上织网啦。乔治，它真的巨大无比！没准儿是外来动物，狼蛛之类的东西！”

风吹得蜘蛛晃来晃去，连迪克也庆幸——它多亏是假的。

乔治装作若无其事的样子，却忍不住抬头看去，当她看到那只大家伙就悬在自己头顶上时，吓得从地上弹起来，正好撞在托比的腿上，把他的草莓和牛奶都弄撒了。

“好啦好啦，乔治娜，”托比捡起草莓，惹人烦地说，“你说你不怕蜘蛛的。我帮你拿开它，你就能坐回去啦。”

“别，别碰它！”安妮喊着。但是托比表现得非常勇敢。只见他上前一步，轻轻地把蜘蛛从灌木丛上拿下来。他拿着蜘蛛在安妮面前乱晃，吓得安妮尖叫起来。

接着他把蜘蛛放在迪克的膝盖上“爬”，蒂米立刻凑过来。宾基也跑过来，“啪”的一声把尼龙线扯断了。“笨蛋！”托比狠狠地揍了它一下，说，“我美丽的蜘蛛，我的蜘蛛网，我的苍蝇捕手！”

“什么？它是你养的吗？”安妮惊恐地说。

“差不多吧。”托比说着把蜘蛛小心地装进口袋里，脸上笑开了花。

“够了托比，玩笑到此为止。”朱利安说。

乔治盯着托比，脸涨得通红，大声说：“玩笑？你等着瞧，托比！我可不认为这是个玩笑。太可恶了！你知道安妮讨厌蜘蛛。”

“我们换个话题吧。下午我们干点什么呢？”迪克赶快说。

“我知道我想干什么了，天气太热，我想好好游个泳。”朱利安渴望地说，“要是在科林，我整个下午都会泡在海里。”

“真希望我们在科林。”乔治不高兴地说。

“如果你们真那么想游泳的话，我知道一个池塘，可以带你们去。”托比讨好地说。

“池塘？在哪儿？”迪克急切着问道。

“看到下面的飞机场了吗？”托比指着说，“营地旁边的这股泉水，和其他两条小溪汇合一起，在离飞机场不远的地方形成了一个很棒的池塘。水很凉，我经常去那儿游泳。”

“听起来很不错，”朱利安开心地说，“嗯，我们不能刚吃完饭就游泳。女孩们要清洗餐具，把没吃完的东西收起来。我们在这边休息一下，等她们收拾完了一起去。”

大家一致同意，女孩们抓紧时间在小溪边忙活起来。

“要是托比再开那种愚蠢的玩笑，我一定好好教训他。我真想把他推到池塘里。”乔治说。

“他还好了，”安妮说，“迪克说他在学校就这样，肯定把老师们气坏了。”

她们很快就忙完了，坐下来稍微休息了一会儿。蒂米和宾基一起去捕猎了，它们煞有介事地在灌木丛下面挖洞。乔治一吹口哨，它们便乖乖地跑回来。“蒂米，我们要出发了，”乔治说，“迪克，朱利安，拿着你们的游泳衣。幸好我们带着呢。”

“托比，你没带游泳衣吗？”朱利安问。

“我们会路过农场，”托比说，“到时我要去拿我的游泳衣，跑得够快的话，五分钟我就可以回来。”

他们下山朝飞机场走去。除了那天早上他们看到的飞机，再也没听到也没看到任何别的飞机。这似乎是一个非常安静的机场。

“等到他们开始试验我堂兄给我讲过的那种新战斗机时，”托比说，“你会听到噪音的，它们太快了，每次升空都会突破音障！”托比说。

“你堂兄能带我们看看飞机场吗？”朱利安问，“我很想去，女孩们对此不感兴趣，但迪克和我会很喜欢的。”

“我当然想去，”乔治马上说，“我和你一样感兴趣！”

“可你是个女孩，女孩是搞不懂飞机、汽车、轮船或是蜘蛛的。算了吧，我想你肯定不感兴趣，宝贝儿……”

“我的名字是乔治，别叫我宝贝儿！”乔治生气地打断托比。

“行了，别让吵架毁了这么美好的下午。”朱利安说，“那不是你家的农场吗，托比？我们这么快就到了，不过这里是下坡路。”

“是的，快来，宾基，我们快去快回，不会太久的，朱利安。你们顺着这条路继续往前走，朝着远处那棵大松树的方向，你们没走到那儿我就能赶上来了。”

说完托比就一溜烟儿地跑开了，其他人继续前进，大家都憧憬着能够在池塘里好好游个泳。

托比真是个飞毛腿，正好在大松树下赶上大家，他把游泳衣搭在肩膀上，上气不接下气地说：“看，池塘就在那儿！”

果然，一个深蓝色、冰凉沁人，像玻璃一样光滑的池塘出现在眼前。树木包围着它，石南一直长到了池水边。

五个孩子高兴地冲过去，突然他们发现一个大大的警示牌钉在树上：

禁止进入

危险

皇家财产

“那是什么意思？”迪克沮丧地说，“我们游不成泳了！”

“哦，不用在意，”托比说，“那说明不了什么！”

“可是看样子很快就会被人发现！”

禁止进入
危险
皇家财产

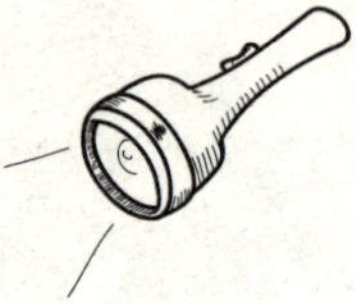

8

一点小麻烦

“为什么说警告没有意义？”朱利安问道，“那为什么还要立在那儿？”

“飞机场周围都是那样的警告，”托比轻描淡写地说，“告诉你这儿很‘危险’，‘禁止入内’。其实根本没事。这儿只有飞机，又没有枪支、大炮。只是个藏在山谷里的隐秘又令人快乐的地方。”

“你没问问你堂兄为什么有这些警示牌吗？”迪克问，“肯定有什么原因的。”

“它们立在那儿好多年了，”托比不耐烦地说，“很早以前的事啦！以前可能有用，现在早过时了。我们想游泳就游泳，想干什么就干什么。”

“那好吧，但愿你说的有道理，”朱利安说，“不过，在我看来，这确实没有理由禁止进入，既没有电线也没有篱笆拦着。”

“我们换上游泳衣吧。”迪克提议，“你们女孩儿在那边的灌木丛里，我们在这边。”

他们迅速换好衣服，迫不及待地跳到池塘里。出乎大家意料的是池水有点深，凉凉的浸人心脾，就像丝绸一样顺滑。孩子们互相泼水嬉戏，两只狗开心地在水里游来游去，蒂米开心得连连吠叫。

“别叫了，蒂米。”托比立刻制止道。

“为什么不能叫？”乔治游过来，追问道。

“被飞机场的人听到了怎么办？”托比说。

“你不是说不用担心吗？你先担心担心自己吧！”说完，乔治钻进水里，拉住托比的腿用力往水下拽，托比又踢又叫，可是乔治力气很大，让他好好体验了一次潜水。等托比再次在水面露出头时，脸都憋紫了。

“哼，我说过会好好教训你的！”乔治说完，像鱼一样飞快地游走了。托比在后面使劲追着，但是乔治把他远远甩在后面，她可是游泳好手。大家看得哈哈大笑。

“我看好乔治，”迪克说，“她比男孩子游得还快，这次给了托比一个下马威，他最近肯定不敢再开那些愚蠢的玩笑啦！”

蒂米看到托比在追乔治，激动地边游边叫，宾基也跟着附和起来。

“闭嘴，宾基！”托比喊着，“我叫你闭——嘴——”

托比的命令还没起效，麻烦便来了。

一个洪亮的声音从池塘对岸传来。“你们在干什么？这是侵犯皇家财产！没看到警示牌吗？”

狗狗们停止嬉闹，孩子们的头顶在水面上下浮动，左顾右盼地寻找声音的来源。

那是一个穿着空军制服的大块头，面红耳赤的。

“有问题吗？我们只是在游泳，没干别的。”朱利安游过去说。

“你们没看到警示牌吗？”那人指着牌子喊道。

“看到了，可是这儿看起来没什么危险。”朱利安回答，他真后悔听了托比的话。

“上来，你们所有人都上来！”

孩子们从池塘里爬出来，安妮害怕极了。狗狗们也上岸了，直直地盯着这个男人，大块头看到两只狗，冷静了一点。

“这是你们的狗吗？好吧，看在你们都是孩子的分上——虽然这个看起来已经不小了，”他指着朱利安说，“我想你们是游客吧，以为来机场附近瞎逛也不会惹上麻烦吗？”

“游客们不会来这里。”托比边说边挤干头发上的水。

“不知轻重的小屁孩可说不准，”大块头说道，“我们之前打过交道吧？上次就是你胆大包天地绕着机库闲逛，当时也带着这只狗。”

禁止进入
危险
皇家财产

“我只是想见我的堂兄，空军上尉托马斯，”托比说，“并没干别的，我可不是间谍。我只是来找我堂兄的。”

“既然这样，我会向他报告的，”大块头说，“让他给你上上课。我们装了警示牌警告所有人，到处都有。那可不是摆设。”

“是因为有什么秘密计划吗？”托比仰着笑脸问道。

“你觉得我会告诉你？”大块头不屑地说，“就我所知，这里没什么新鲜事，像阴沟里的水一样沉闷。我个人倒是不反对游客来，那样可以让这儿看起来有点生机。但你们知道，命令就是命令。”

朱利安觉得他该说点什么了，这个人只是在履行他的职责，而托比说那些警示没有意义根本就是胡扯。

“很抱歉我们冒犯了这里，”他声音悦耳地说，“我们不会再来游泳了，我保证。真抱歉，害您跑这么远来警告我们。”

这个男孩看起来很让人放心，皇家空军警卫带着几分欣赏地看着朱利安，现在他确信这完全是托比这个调皮鬼的错。他微笑着，行了个简单的军礼。“这没什么，”他说，“我很抱歉，这么热的天打断你们游泳。”

他指着托比说：“如果这个捣蛋鬼愿意向上尉托马斯申请定时来游泳，那么我完全没意见。如果在允许的时间内，即使我听到狗叫声，也不会来干涉你们。”

“谢谢！不过我们在这儿待不了几天。”朱利安说。

“那么再见了。”说完，大块头向所有人敬了礼，潇洒地走开了。

托比不知羞地说：“哼，他打断了我们游泳！可他说了这没什么秘密行动，为什么……”

“别说了！”迪克说，“你没听到他说‘命令就是命令’吗？他可不像那些傻乎乎的学生，自作聪明，不负责任，就像你，托比，还有其他人。他是军人。别那么幼稚了，小托比。”

“我同意，”朱利安说，“所以别说傻话了，托比，你错了，就是这样。好了，等我们衣服干了，就去农场问问你妈妈有没有食物给我们补给。游完泳，我现在饿得像个打猎的。”

托比听了这番话，情绪相当低落。他瞥了瞥乔治，看看她有没有取笑自己，可是乔治从来不会幸灾乐祸，于是他松了一口气。

大家换好衣服后，托比问：“我要不要向堂兄申请游泳的时间？”

“不用了，但是我确实想找机会见见你堂兄。”朱利安回答。

“他可能会带我们坐飞机。”托比满怀希望地说，一下子来了精神，“哦，看那儿，又是小坏蛋班尼，还有卷尾巴！”

班尼喘着气，拎着那只小猪。“你看起来就像汤姆，吹笛人的儿子汤姆。”朱利安说着揉乱班尼的金色鬈发，“他也偷了一只小猪，把它夹在胳膊底下跑掉了。”①

“但这是我自己的猪，”班尼惊讶地说，“我没有偷。妈妈让我来找你们，她准备了下午茶。”

“你妈妈真好。”安妮拉起小男孩的手，“怎么不把小猪放下来，不重吗？”

“它会乱跑的，我得抱着它。”班尼认真地说。

“给它带个项圈，用绳子牵着。”迪克出主意说。

“可是它没有脖子，浑身圆圆的，头和身子连在一起，完全没有脖子！”

大家向农场走去，小猪跑在最前面，它惊喜地发现自己又回到了家里，不禁发出欢快的尖叫声。蒂米竖起耳朵，它很担心，以为小猪是因为疼痛才尖叫的，它跑到小家伙旁边轻轻地蹭着，安慰它。

托马斯夫人透过窗户看到他们。“快进来吧，”她说，“我猜你们今天肯定会再想来些茶点，而且我今天有一位客人，你们肯定想见见！”

“谁来了？杰夫堂兄！”托比喊着冲进屋门，“朱利安！迪克！是飞机场的杰夫堂兄，空军上尉托马斯！堂兄，这是我的朋友们，朱利安，迪克，安妮，乔治娜，我是说乔治，

---

① 《吹笛人的儿子汤姆》是一首童谣，《鹅妈妈童谣》中的童谣，主要讲述汤姆偷了一只小猪后逃跑了，最后猪被吃掉，汤姆被揍得哭个不停的故事。——译者注

还有蒂米！”

一位高大英俊的年轻人微笑着站了起来。孩子们望着他，打心眼儿里喜欢他。多么帅气的小伙子，多么强壮，多么敏锐的眼睛，多么想有这样一位堂兄啊！这一刻他们都羡慕起托比来。难怪托比这么夸他！

“你们好！”杰夫堂兄说，“很高兴认识你们。嘿，瞧这只狗！”

蒂米径直朝他走来，然后伸出一只爪子。“汪！”它叫着，当然是在说，“握手！”

“你好！”杰夫堂兄庄严地与蒂米握手。

“蒂米从来没有这么做过，”乔治惊讶地说，“太神奇了！它一定非常喜欢你！”

狗狗天生就会游泳吗?

9

小伙伴杰夫

“我很喜欢狗。”杰夫拍拍蒂米的头说道，“它是个不错的家伙，真聪明！”

乔治开心地点点头，她喜欢听别人夸奖蒂米。“是的，它很聪明。它和我们一起经历了许多冒险。如果它认为有人要攻击我们，就会非常凶猛。哦，看，它又要握手了！它是不是很有趣？”

蒂米和杰夫握了握手，挨着他坐下来，好像把杰夫当作自己的主人似的。乔治也不介意，因为她和蒂米一样喜欢杰夫堂兄！

“跟我们说说你的工作吧，”迪克请求道，“那个飞机场很奇怪，周围没有围栏，也几乎没有飞机和人。你经常飞行吗？”

“现在不太多，”杰夫堂兄回答，“但是可不要以为没有

围栏，就能随意接近机场了！相信我，如果有陌生人进入这个地区，指挥官立刻就会知道的。这么说吧，我们还有其他的预防措施。”

“真的吗？”乔治说，“你是说，你的指挥官已经知道我们在这儿了吗？”

“他肯定知道，”杰夫大笑着说，“我猜已经有人调查过你们了，知道你们是谁，为什么来这儿。你们已经被监视好几个小时了，只是你们自己没有觉察到。”

“太可怕了。监视？怎么监视？谁监视的？他们躲在哪里？”迪克问了一连串的问题，年轻的上尉摇了摇头。“对不起，这是机密，”他说，“不过不用担心，你们很安全。我婶婶或者也提供了你们的信息，这也说不定啊。”

托马斯夫人笑了笑，但什么也没说。她和之前一样热情又和气，招呼安妮和乔治帮她把茶端上来。女孩们忙前忙后，摆好了茶杯和茶碟；男孩们与杰夫热烈地交谈，急切地询问有关飞机和飞行的各种问题。

最后托比问：“杰夫堂兄，我想你不会带我们上飞机的吧，对吗？”

“恐怕不行。事实上，这种请求提也不能提。你们知道，那些飞机非常特殊，不能为了好玩就去开，而且……”

“我们当然知道的，”朱利安担心杰夫感到尴尬，赶紧说道，“我们没想给你添麻烦的。你下次什么时候飞行呢？我们能从露营地看见你飞行吗？”

“当然可以，我想你们可以用望远镜看到我，”杰夫说，“我告诉你们我飞机的号码，就画在飞机下面。如果你看到它在山上盘旋，就会知道那是我在飞了。不过我恐怕不会去做什么特技动作之类的，只有愚蠢的新手才会那么做。”

“我们会留意你的，”迪克说，很羡慕托比有这么好的堂兄，“我们不指望你会看到我们，但不管怎样我们都会冲你挥手打招呼的。”

下午茶已经准备好了，大家一起把椅子摆放好。班尼胳膊底下夹着卷尾巴走了进来，他把小猪放在猫篮子里，它静静地待在那儿，一会儿便睡着了，发出呼呼的鼾声。

“猫咪不会介意吗？”乔治惊讶地看着篮子问。

“一点也不，”托马斯夫人说，“去年，它就不得不忍受两只小鹅在篮子里，还有前一年的什么来着……”

“一只羊羔。”托比说。

“哦，是的，老叮当——就是那只猫，似乎一点也不在意。”托马斯夫人说着，给每个人倒上牛奶，包括杰夫，“有一天早上，我发现老叮当蜷缩在小鹅身上，大声打着呼噜。”

“老叮当！”托比说，“它在哪里？我想看看它会怎么对待卷尾巴。它肯定搂不住卷尾巴，卷尾巴太胖了，几乎把整个篮子都占满了。”

下午茶时，大家都吃得很开心，托比又搞了恶作剧。他把糖拿给安妮撒在炸萝卜上，却把盐拿给乔治让她蘸草莓。两个女孩子都聚精会神地听着杰夫说话，根本没注意托比的把戏。看到她俩被捉弄的表情，托比笑得前仰后合，差点从椅子上掉下去。萝卜蘸糖，草莓蘸盐，太可怕了。

“你觉得很好玩是吧？”乔治生气地说，“你等着！”可是托比太狡猾了，乔治只能暂时放弃报复他的打算。不管怎么说，当杰夫在谈论飞机时，她不能打扰他。杰夫兴高采烈地讲着，眼中泛着光彩，看得出飞行是他的至爱。三个男孩听着，都决心长大也要做飞行员！

班尼没有怎么听，他对小动物更感兴趣。他郑重地喝着茶，望着猫篮子里的小猪，有时他想和妈妈说话了，就俯身拍拍妈妈的手。

“卷尾巴又跑开了，”他严肃地告诉她，“就在饮马池边。”

“我记得我告诉过你不要再去那儿了，”他妈妈说，“你上次就掉进去了。”

“可是卷尾巴跑过去了，”班尼说，大大的眼睛看起来很无辜，“我得去追它，它是我的小猪。”

“好吧，如果它再把你带到你不应该去的地方，挨揍的就是它，我可不会允许它无法无天地长大。”

“这需要仔细考虑。”班尼吃着茶点，一脸严肃，不去理会别人。安妮看了他好几次，被这个一脸严肃的小男孩和他滑稽的行为逗乐了。要是她也有这样一个小弟弟该多好啊！

“我得走了，”杰夫吃完饭说，“非常感谢您的美味茶点，莎拉婶婶，您的茶总是超级棒！真幸运我的驻地就在比利科克农场附近！好了，再见吧！再见，蒂米！”

大家把他送到大门口，还有蒂米和宾基。班尼叫醒他的小猪，把它也带到门口，卷尾巴生气得又踢又叫。他们都目送着那位高大健壮的年轻飞行员离开。

“你们喜欢他吗？”托比骄傲地问道，“他太优秀了不是吗？我真为他骄傲。他应该是国内最聪明的飞行员了，你们知道吗？”

“以前不知道，”迪克说，“但现在我们一点也不怀疑。他有着像鹰一样锐利的眼睛，而且对工作全心全意！你多幸运啊，他驻扎在这么近的地方！”

“女孩们帮你妈妈收拾好餐具后，我们就回营地吧！”朱利安说，他不想过多地打扰主人，“托比，能不能再给我们拿一些食物，我怕万一明天碰不到你。”

“没问题。”托比愉快地答道，吹着口哨走了。

班尼又出现了，卷尾巴在他脚边转来转去。“你好！”迪克笑着说，“你的猪又跑了吗？”班尼笑了笑，说：“如果它跑到你的营地，你会生气吗？”他天真地看着迪克。迪克严肃地说：“它可不能那样做！”他猜小男孩肯定想自己去找营地，然后说是跟着卷尾巴跑到那里去的！“你看，那里离你家很远，你很可能会迷路的。”

班尼没再说什么，带着他那滑稽的宠物走了。男孩们去找托比，看看能不能帮他把食物装进篮子。“这次的钱也要付给托比，”朱利安一边说，一边摸着他的钱包，“用这些钱给他妈妈买一份礼物，真是个好主意。她是个可爱的人。”

不一会儿，孩子们和蒂米便踏上回营地的路。托比留在农场继续做日常的农活，收集鸡蛋，清洗干净，并按约定俗成的规格把它们分装好。“明天我会上山的！”托比朝他们喊，“我们再计划一些有意思的事。如果你愿意的话，也许可以去看看那些山洞！”

四个孩子在比利科克山的陡峭山坡上，边走边聊。蒂米跑在前面，像往常一样这边闻闻，那边嗅嗅。突然，一只大蝴蝶腾空起舞，停在一处开着花的接骨木树丛上，就在乔治面前。他们从来没见过这种蝴蝶。

安妮兴奋地说：“看！那是什么蝴蝶？噢，太漂亮了！朱利安，你认识吗？”

“我也完全不认识！”朱利安惊讶地说，“这可能是一种不寻常的豹纹蝶，尽管对它们来说现在天气还不够热。那个捕蝴蝶的人，他叫什么来着，哦，对，格林格尔先生说，这座山以稀有的蝴蝶闻名，我想这是相当罕见的品种。它真美啊。”

他们看着蝴蝶在白色的花朵上忽闪着华丽的翅膀。“我们应该抓住它，”迪克说，“我敢肯定格林格尔先生见到的话，一定会很激动的。它可能会为他产卵，并成为一个新品种。”

“我的手帕很薄，”安妮说，“我试一下轻轻地抓住它，不伤害它的翅膀，然后把它放进托比给我们装糖块的小盒子里。迪克，快把它拿出来倒空。”

半分钟后，蝴蝶已经被装在小盒子里了。安妮小心翼翼地，一点也没伤到它。

“真是个了不起的生物！”迪克盖上盒子说，“来吧，我们去给格林格尔先生一个惊喜！”

“别忘了那个像女巫一样的老妇人，我是说简斯夫人，”安妮说，“我可不想再碰到她。”

“我会让她坐着扫帚飞走的。”朱利安大笑道，“别傻了，安妮，她不会伤害你的。”

他们沿着上次格林格尔先生带他们走过的小路前进。快到时，安妮和乔治踟蹰不前，蒂米也停下来，耷拉着尾巴。

“那你们在这儿等着我们吧。”迪克不耐烦地说，“朱利安和我马上就回来。”

两个男孩一起走开了，乔治和安妮则留在原地。“我希望他们不会待太久，”安妮担心地说，“不知道为什么，这地方就是让我感到很不安。”

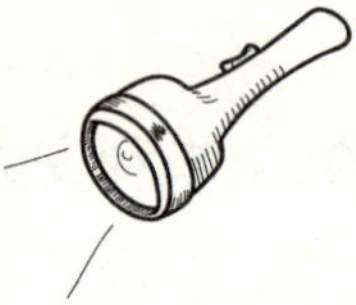

10

再访蝴蝶农场

迪克和朱利安来到养殖蝴蝶和毛毛虫的玻璃房子。他们透过玻璃窗往里看，里面没有人。

“格林格尔先生肯定在他房间里，”朱利安说，“我们不要敲门，就在外面喊他出来吧。因为我不太喜欢简斯夫人。”

于是，他们在那座摇摇欲坠的农舍外面大声喊道：“格林格尔先生！格林格尔先生！”

没人回应。格林格尔先生没有出来，不过有个人推开楼上的窗户，露出头来。男孩们朝着窗户招手，继续喊着：“格林格尔先生，我们给您带来一只非常罕见的蝴蝶！”

窗户打开了，简斯夫人向外看着。“格林格尔先生不在！”她嘟囔着，像极了巫婆。

“那布伦特先生在吗？就是我们没见到的那位。”迪克喊道。

老妇人盯着他们，不知道嘟囔了一句什么，突然从窗边消失了。

迪克和朱利安满腹狐疑地对视着，迪克说：“她怎么突然走了？好像被人拉进去似的。朱利安，我觉得不太妙。”

“为什么？你觉得她儿子在里面吗？她所说的经常虐待她的那个？”朱利安也疑惑地问。

“不知道，先别管简斯夫人了。我们在四周看看，没准儿格林格尔先生就在附近什么地方。”迪克回答道。

他们绕过房子，看到一个棚屋。那里也没人。忽然，他们听到脚步声，于是急忙转过身来，有个人朝他们走来。他又小又瘦，面容憔悴，戴着一副墨镜。他拿着一张蝴蝶网，朝两个男孩点点头，然后说：“我的朋友格林格尔先生不在家，我能为你们做点什么吗？”

“噢，您是布伦特先生吧？”迪克说，“我们找到了一种稀有的蝴蝶，所以就过来了。”

他打开盒子，蝴蝶安静地停在里面，他们还放了一小块糖给它吃。布伦特先生凑近了，透过墨镜向里面看着说：“嗯，嗯！确实很不错。我给你们五先令买下它。”

“不用付钱，送给您吧，”迪克说，“这是什么品种啊？”

“没检查之前还不好说。”布伦特先生说，他接过盒子把盖子盖上了。

“是不是某种豹纹蝶呢？”朱利安问。

“确实很像，”布伦特先生说，然后突然塞了两个银币给迪克，“给你，非常感激。我会转告格林格尔先生你们来过。”

他匆忙地转身走了，蝴蝶网仍然搭在他的肩膀上。迪克看看他手中的两个银币，又看看布伦特的背影，说：“奇怪的家伙！不过，不得不说，他和格林格尔先生真是一对儿！我们拿这五先令[1]怎么办呢？我不想要。”

“不如给可怜的简斯夫人吧，”朱利安说，他总是很慷慨，“看起来他们每星期只付给她一个先令，可怜的人！”

他们回到农舍前，犹豫地敲敲门，希望找到那个老妇人。门开了，简斯夫人站在那儿，依旧不停地咕哝着：“你们走开！我儿子快回来了！他会打我的，他不喜欢陌生人。我说快走啊！”

“好吧，”迪克说，“瞧，这是给您的。”他把两个银币塞进了她那爪子一样的手里。她看着他们，仿佛无法相信自己的眼睛，然后，很快把钱塞进了她那已经穿破了的鞋子里。她直起身来时，眼睛里充满了泪水。

“你们真善良，真是善良的孩子。”她小声说着，然后轻轻推了推他们，“离这儿远一点。我儿子是个坏人。快离开这儿吧。”

孩子们不知道是怎么回事，只好默默地走了。毕竟，托

① 英国货币单位，为一镑的二十分之一，等于 12 便士。——编辑注

比认识她的儿子，他们雇他在农场干过活。为什么老妇人总是说他很坏很残忍呢？她肯定是有点疯癫才会这么说。

“这些人真古怪，”朱利安一边朝女孩们和蒂米走去，一边说道，“两个蝴蝶专家都很古怪。那个老巫婆一样的女人也很古怪。还有一个要把她吓疯了的儿子！我想我们不会再去那儿了。”

“非常同意，”迪克说，“嘿，你们两个久等了吧。”

“说得没错，”安妮说，“我们猜你们是不是被变成老鼠了！正打算让蒂米去找你们呢！”

男孩们把刚才的事对女孩们讲了一遍，“一屋子怪人！”迪克说，“我想我们不会再来了，不管找到多少稀有的蝴蝶也不来了！我非常肯定刚才找到的那只就是豹纹蝶，你说呢，朱利安？”

“是啊，布伦特先生竟然否定了。我觉得格林格尔先生更像是专家。布伦特先生可能就是个打杂的，看管毛毛虫之类的。”

他们终于回到了营地，蒂米冲到了食物橱旁。但安妮摇摇头说：“你很不走运，蒂米，现在还不到晚餐时间！”

“我们干点什么呢？”迪克倒在石南丛上问，“又是一个美好的夜晚！”

“是的，但我有点担心西边的天空，”朱利安说，“看那边的云，迎着风慢慢地升上来了。估计明天要下雨了！”

“糟糕！”乔治说，“没准儿这天气要持续一个星期！如果下起倾盆大雨我们该怎么办？整天坐在帐篷里吗？”

“振作点，我们还可以去看山洞呢。”迪克说，“我知道我们现在要做什么了，把我们的便携式收音机拿出来。找找看有没有一些像样的音乐，在山上听起来肯定很恢弘！”

“好的。但是拜托放小声点，”安妮说，“我讨厌那些带收音机到乡下来，自私得把音量调得很高的人，破坏别人的安宁和平静。我真想上去把他们的收音机踢成碎片！”

“没想到呀，安妮，你这么厉害？！”乔治说，惊讶地看着她的堂妹。

“乔治，你还不知道我们安静的妹妹安妮本质跟我们很像吧？”朱利安眨眨眼睛说，“如果她认为有人在搞破坏，就会变得很强悍。有一次野餐时，有人把留声机开到最大声，不管周围的人多生气。我不得不阻止安妮过去骂人。我敢说她差点要把唱片拿下来，砸到那些人头上！”

“哦，朱利安！你怎么能这么说！”安妮说，“不过我确实想那样做——但我没有动手。”

“好吧，小安妮！”朱利安亲切地说，并拍了拍她的头。他和迪克都把他们安静、善良的小妹妹当成掌上明珠，并把她照顾得很好。安妮微笑着对他们说：“那么，让我们来点音乐吧，我知道今天晚上的广播是田园交响乐，我记下来了。在这么可爱的乡间，看着这么美丽的景色，这曲子听起来肯定更美妙了。不过，还是要小声些。”

朱利安从防水盒里取出收音机，打开开关，突然，它发出很大的声音。他赶快调小音量。“现在是晚上的七点新闻，”他说，“我们先听听吧。”

但正在播送的消息已接近尾声，声音很快就停了下来，让位给了另外一位播音员。是的，现在是田园交响曲了。不久，第一个音符从小收音机里轻轻地传来，整个乡村似乎也开始欣赏着音乐。四个人半躺在石南丛里倾听着，看着夕阳下这片美景的瞬息变化。

地平线上的云彩升得更高了，它上升的速度太快，太阳很快就要消失在它身后了，真遗憾！

这时，一个声音打断了音乐，那是一架飞机，发出“嗡嗡”的轰鸣声。

声音太大了，迪克和朱利安跳了起来，蒂米开始大叫。

“在哪儿呢？”迪克说，“听起来非常近，不知道是不是杰夫堂兄的！”

“在那儿！从山后飞出来了！”朱利安喊道。就在他说话的时候，一架小飞机出现在山顶上，盘旋了一圈后降落到了机场上。

孩子们可以清楚地看到飞机下面印的数字。朱利安刚要喊出来，就听迪克大叫一声：“69！”

“是杰夫的飞机！是他的号码！快挥手！挥手！”

他们都疯狂地挥手，尽管他们知道杰夫不会看到藏在山坡上的营地。他们看着飞机飞向机场，绕着圈，准确地降落在跑道上，停了下来。

朱利安透过望远镜看到一个小小的身影从飞机上跳下来。“我敢说那一定是杰夫，”他说，“天哪，真希望我也有一架飞机，飞过山岭，飞得又高又远！”

雨是怎么形成的?

11

暴风雨之夜

孩子们开始准备他们的晚餐了。蒂米在旁边跑来跑去假装帮忙，想要别人往它嘴里塞点面包或冷火腿，却没能如愿以偿。

开饭了，朱利安又一次不安地瞥了一眼西边的天空。“一会儿肯定会下雨的。”那片云现在已经遮住了半边天空，吞没了傍晚的太阳，“我们应该把帐篷搭起来。”

“你说得没错。”乔治说。

“最好快点。”迪克说道，“我刚才明显感觉到一阵凉风，这是我们来到这里后的第一波真正的冷空气。今晚我们肯定要用毯子把自己裹起来！”

“好吧，我们把东西从荆豆丛下面拿出来吧，”朱利安说，“大家一起干，很快就能把帐篷搭好。”

45分钟后，帐篷在巨大的花丛庇护下稳稳地搭好了。“咱们干得太漂亮了，”迪克高兴地说，“只有飓风才能把我们的帐篷吹走。在这儿会很安全的，再弄些石南垫在帐篷里吧。今天晚上毯子不能躺了，要拿来裹紧身体，所以得把我们的床弄得软软的。”

他们把石南堆进帐篷里，把雨衣摊在上面。伙伴们抬头望望天空，毫无疑问，雨要来了，而且可能是暴风雨！不过，明天就会放晴的——就和前几天一样。如果实在不幸，赶上雨下个不停，他们就去托比说的那些洞穴探险。

天几乎彻底黑了，孩子们全都钻进一顶帐篷里，打开收音机听广播。他们让蒂米也进来，但是蒂米好像更愿意待在外面。

他们刚打开收音机，蒂米几乎立刻吠叫起来。乔治忙把收音机关掉了。

“有人来的时候蒂米就会这么叫，”她说，“不知道是谁来了。”

“我猜是托比来叫我们去农场过夜。”迪克猜测着。

“我猜是格林格尔先生在捕飞蛾！”安妮咯咯地笑着说。

“我猜是简斯夫人在找做诅咒用的东西！”乔治说。

大家都笑了。“瞎说！”迪克说，“但这确实像个会有女巫出没的夜晚！”

蒂米还在叫着，朱利安把头伸出帐篷。“怎么了，蒂米？”他说，“有人来了吗？”

“汪汪！”蒂米回应道，并没有把头转向朱利安，而是想在黑夜中看清什么东西或是什么人。

“它可能是看到刺猬了。”乔治在帐篷里说，“它总是对着刺猬咆哮，因为没法用嘴叼起它们来。”

“嗯，也许你说得没错，”朱利安说，“但我想出去让蒂米带我看看它到底在叫什么。它肯定是听到或者看到什么了！”

朱利安钻出帐篷去找蒂米。“蒂米，”他说，“怎么了？是什么让你这么心烦意乱啊？”

蒂米摇着尾巴跑到朱利安面前。它显然知道自己要去哪儿。朱利安跟着它，脚绊到了石南上差点摔倒，真应该带着手电筒，外面忽明忽暗的。

蒂米从山上向机场的方向跑去，绕过一片白桦林，停了下来。它再次大声吠叫起来。朱利安看到前面有个黑影在移动，他喊道：“谁在那儿！是谁？”

“是我，布伦特先生，”一个恼怒的声音回答道。朱利安这时终于看到了一根长棍，其中一端模模糊糊地能看到捕蝶网，“我要在下雨之前检查一下我们设的陷阱，不然大雨会把飞蛾冲走的。”

“哦，”朱利安说，“蒂米叫的时候我就想到了。格林格尔先生也在附近吗？”

“是的，所以如果你的狗再叫，你就知道那是我们俩了。”布伦特先生说，“我们经常在晚上出来，就像蝴蝶喜欢在白天活动一样，飞蛾喜欢夜晚。你能不能别让那只狗对着我叫了？它真是缺乏训练。”

“别叫了，蒂米。”朱利安命令道，蒂米乖乖地闭上嘴，但是仍然僵硬地站着，盯着暗处的男人。

“我现在要去下一个陷阱了，”男人说，“你可以带着这只聒噪的狗回你们的露营地了。”布伦特先生离开了，拿着手电筒照亮前面的路。

“我们就在山上，”朱利安说，“离这里大概一百码。哦，您带着手电筒呢，真希望我也带了。”

男人没再说什么，但是走得很慢，手电筒的光束越来越暗了。朱利安开始往山上走，想返回帐篷，但周围越来越暗，路越来越难找！他迷失了方向，走得太远了。蒂米有点困惑，用嘴巴轻轻扯了下他的袖子。

“我走错路了吗？”朱利安说，“糟糕！我这么快就孤零零地在山坡上迷路了。迪克！乔治！安妮！喊一声，好吗？我不知道我走到哪儿了。”

但是他走得太远了，三个人都没有听到他的声音。蒂米必须在看到其他人打着手电筒出现之前，把朱利安带到正确的路上。蒂米做到了，朱利安如释重负。他可不想待在比利科克山的暴风雨里。

“是你吗，朱利安？”安妮焦虑地喊道，“你走了好久！是迷路了吗？”

“差点迷路了！”朱利安说，“我太傻了，没带手电筒。但是蒂米知道正确的路。真高兴我回来了！外面刚刚开始下雨！”

“蒂米在冲谁叫呢？”乔治问。

“其中一个蝴蝶专家布伦特先生，就是迪克和我今天看到的那个，”朱利安说，“我只是隐隐约约地看到了他墨镜上的反光，还有他拿着的捕网。他说格林格尔先生也在外面。”

“在暴风雨来临的时候吗？”安妮惊叹不已，“所有的飞蛾都会藏起来的。”

“他们出来就是检查捕蛾陷阱的——他是这么说的。”朱利安说，“他们在树干上抹上像蜂蜜一样的黏黏的东西，然后飞蛾就大量地飞来粘在上面。这样他们就可以把它们捉住了。”

“我明白了，我想布伦特先生担心下雨会把粘住的飞蛾冲走，”迪克说，“嗯，他们两个肯定会被暴风雨困住的。听听打在帐篷上的雨声有多大！”

蒂米不喜欢沉重的雨滴打在身上的刺痛感，也挤进帐篷里，挨着乔治和安妮坐下来。

“蒂米，你占的地方真大，”乔治说，“你就不能让自己变小一点吗？”

蒂米显然不能，它是只大型犬，还特别喜欢把四肢伸开。它把淋湿的头靠在乔治的膝盖上，重重地叹了口气。

乔治拍拍它说道：“小骗子！你叹什么气呀？因为骨头啃完了？还是因为下雨，不能出去玩，也不能在山上乱跑、乱吠一通？”

“我们现在干点什么呢？”朱利安说，他把手电筒放在收音机上，多少让帐篷里亮一点，“收音机里没什么我们爱听的了。”

“我的雨衣包里有一副牌，”乔治说，“我们来玩牌吧。”大家都高兴起来。

在小帐篷里玩牌很麻烦，蒂米有时还会在牌洗好的时候站起来，把牌堆弄乱。暴风雨越来越大，好像在故意用力击打在小帐篷的帆布上。

蒂米又开始吠叫了，吓了大家一跳。它爬过大家的腿和膝盖，把头伸出帐篷，大声吠叫着。

“好家伙，你差点害我犯心脏病！”迪克说，把它拉了回来，“你在外面会淋湿的，蒂米，快回来。外面只是一些疯狂的捕蛾人在泡了雨的陷阱里抓飞蛾呢。别担心他们，他们可能还特别享受呢。”

但是蒂米就是叫个不停，甚至在朱利安试图把它拖回帐篷的时候咆哮起来。

“它到底怎么了？”朱利安困惑地说，“别叫了，蒂米！你快把我们震聋了！”

“有什么东西让它很不安，这有点不寻常，”乔治说，“听，是不是有人在叫？”

每个人都停下来仔细听着，但是下雨的声音实在太大了，除了雨声和风声，他们什么都听不清。

“好吧，不管是什么让蒂米感到不安，我们也无能为力了，”迪克说，“我们不可能跑到暴雨里去检查。如果那样做不仅会被淋个透，还可能会迷路的！”

蒂米还在吠叫，乔治生气地喊道：“蒂米，别叫了，听到没有？我受不了了。”

乔治很少对蒂米生气，蒂米惊讶地转过身来。乔治扑向它，用力把它拖进了帐篷。“现在，安静！”她命令道，“不管是什么，我们都没法出去！”

就在此时，另一声喧哗穿透了呼啸的大风和倾盆大雨，孩子们和蒂米立刻竖起耳朵，坐得纹丝不动。

“呜——呜——呜——呜——”

他们都看向对方。“飞机？”迪克说道，“是飞机？在这样的天气里飞行？到底发生了什么事？”

12

山洞历险

帐篷里的小伙伴们都很惊讶。为什么会有飞机在暴风雨的夜晚起飞呢？

“可能是在暴风雨里做试验？”迪克说，“不对，没必要吧。”

“也许是飞机要降落在那儿。”安妮说。

“可能，也许是困在暴风雨里了，在寻找避难所。”迪克说。但是朱利安摇摇头。

“不，”他说，“这个机场距离普通航线很远，没人会飞过来；而且它太小了，更像是一个小试验站，不像飞机场。遇到困难的飞机都可以轻松飞到一流的机场里寻求庇护或者帮助，而不是这里。”

“我想杰夫是不是在刚才的那架飞机上。”乔治说。

安妮打了个哈欠。“我们还是铺床睡觉吧，”她说，“帐

篷里又闷又热，我都昏昏欲睡了。”

“是啊，不早了，”朱利安看了看手表，“你们两个女孩和蒂米今晚就在这顶帐篷里睡吧，不要被雨淋到了。我们出去之后把门系紧，你们要是想要什么，就喊一声。”

“好的。晚安，朱利安。晚安，迪克。”女孩们说完，男孩们就去另一顶帐篷了。安妮系住了帐篷的门襟，两个女孩躺在石南床上，紧紧用毯子包住自己，好让自己舒服一点。

“晚安，乔治，”安妮睡意蒙眬地说，“让蒂米在你那边吧。我没法把它抱在腿上，它太沉了。”

他们睡得很香。

第二天早上，天空布满阴沉沉的乌云，雨还在下。

“太让人失望了！”迪克从他的帐篷里向外看着，“我们应该听听天气预报，看今天是不是会放晴。几点了，朱利安？”

“刚过八点，”朱利安说，“哎呀，我们这几天都起得这么晚！嗯，现在雨下得不大了，穿上雨衣，我们看看女孩们醒了没，然后去泉水边洗洗脸。”

伙伴们吃过了早餐，兴致却都不太高，因为帐篷里有点拥挤，不如在阳光下进餐那么有趣。不过，今天会放晴的，之后他们就可以去农场找托比了。

“我想我们今天早上最好去山洞里探险。”早餐后，迪克说，“没别的事可做，我可不想一上午都打牌。”

“我们都不想！”乔治说，“我们带上雨衣，然后看看能不能找到那些山洞吧。”

“先看看地图。”朱利安说，“这些山洞很著名，大家都知道的，肯定有路通向山洞，可能在山脚附近。”

“嗯，没关系。试试能不能找到，如果找不到也没关系。我们可以当作散步！”迪克说。

他们在细雨中出发了，穿过潮湿的石南花，蒂米在前面跑跑跳跳的。

“大家都带上手电筒！”迪克突然说，“我带了。我们在山洞里可能要用到！”

大家都带了手电筒，除了蒂米，而且正如安妮所说，蒂米的眼睛在黑暗中可比任何手电筒都好用！

他们沿着山坡向下行进，然后转向北侧，眼前豁然出现了一条宽阔的灰白色小路，这条路上的石南花都修剪过了。

“这条路是通往什么地方的？”朱利安停下来问。

“可能会通往一个老采石场，”迪克踢了踢地上松散的石灰粉，“就像科林附近的那个一样。”

“好吧，咱们过去看看。”乔治说。他们沿着这条路一边走一边踢着地上的石灰。绕过转角，一个警示牌出现在他们面前。

通往比利科克山洞

警告

请沿索道行进

当心在没有索道的隧道中迷路

“看来就是这里了，”朱利安说，“让我们看看托比说的山洞到底怎么样。”

“它们都有几千年的历史了，里面还有石笋和钟乳石。”乔治说。

“我知道那是什么，”安妮说，“它们看起来像挂在屋顶上的冰柱，正对着它的地面上还有朝上长的冰柱，好像要和彼此碰头！”

“是的，洞顶上的叫钟乳石，地面上的就是石笋。”迪克说。

“我根本记不住哪个是哪个。”安妮说。

“很简单！”朱利安说，“钟乳石柱紧紧挂在顶上，石笋终有一天会和它们正上方的钟乳石连在一起！”

其他人都笑起来。

“我再也不会忘了。”安妮说。

当他们靠近洞穴时，路径发生了变化，石灰粉消失了。洞口前的路面铺设得很好，不再是坑坑洼洼的。入口只有六英尺高，上面有一块白板，写着一行非常大的黑字：

比利科克山洞

洞口立着一块类似于刚才看见的警示牌。乔治看到蒂米看着那块警示牌，说：“蒂米，你倒是念出来呀？”

他们依次走进洞中。洞里太黑了，他们不得不打开手电筒。蒂米惊讶地看着四周的洞壁在手电筒的照射下闪闪发光，它开始吠叫，声音在山洞里诡异地回荡着。

蒂米不喜欢这些声音，它贴紧乔治。乔治笑着说：“好啦，傻瓜，只是洞穴而已。你见过很多了，蒂米！天哪，他们不冷吗？真庆幸我穿着雨衣！”

他们先穿过一两个寻常的小洞穴，接着一个极其壮观的洞穴出现了，到处都像竖立着闪闪发光的冰柱。有些从洞顶垂下，有些从地面升起来。有些上下都碰到一起了，整个洞穴就像用这些发光的大柱子在支撑着。

“哇！”安妮屏住呼吸，说，“多美啊！真是光彩夺目！”

“这让我想起了之前见过的大教堂，”朱利安说，抬头望着洞顶，“我也不知道为什么。这些柱子像是被精心打造的一样……走吧，我们去下一个。”

下一个洞穴小一点，但里面有很多光彩照人的彩色柱子，在手电筒的光柱里闪耀着光芒。“我们仿佛到了仙境，”安妮说，“到处都像彩虹一样五颜六色的！”

后面的洞穴不再是彩色的，但是洞壁、洞顶、地面和柱子都白得耀眼。大量的钟乳石和石笋连在一起，几乎形成了一面雪白的屏幕，透过屏幕，孩子们看到了更多奇形怪状的

石柱。

他们走到一个三岔路口。中间那条路有索道，而另外两条没有。孩子们看向没有索道的隧道，深邃、黑暗又安静，令人不寒而栗。要是走下去肯定会很可怕，而且会迷路，有可能再也走不出来了。

“我们还是沿着索道走吧，”乔治说，“看看会通向哪里，说不定还有更多的洞穴。”

蒂米嗅了嗅其他两条路，乔治呼唤它：“蒂米！你会迷路的！快回来。”

但蒂米并没有回来，它跑进黑暗中，其他人焦急起来。“真该死，”迪克说，“它在追什么呢？蒂米！蒂米！”回声重复着最后一个字，在隧道里反复回荡着。

蒂米吠叫着回应，洞中立刻充满了奇怪的声音，到处回响，安妮用手指堵住了耳朵。

“汪——汪——汪！”回声重复着。听起来就像有一群狗在洞穴里发狂地吠叫。突然，蒂米出现在他们手电筒的光芒下，看起来它对自己吠叫的回声非常惊讶。

“真不该让你带路，蒂米，”乔治责骂着它，“接下来，你就乖乖跟在后面，听得懂我的意思吧？”

蒂米明白，它一路跟着这些小伙伴们，沿着一条狭窄的索道来到一连串让人眼花缭乱的洞穴中，这些洞穴被大大小小的隧道连在一起。他们只跟着有索道的路走。很多洞穴都

10

没有索道，虽然他们很想知道没有索道的路会通往何处，但还是明智地没有去尝试。

接着，他们看到一个就像冻住了的游泳池一样的东西，它像镜子一样反射出上面雪白的洞顶。这时，一阵奇怪的声音传到他们的耳朵里，大家站直身子认真听着。

这个声音像哨声一样，高亢而刺耳，充斥着整个洞穴以及他们的耳膜，他们觉得像要爆炸了一样。之后声音又提高了，然后逐渐平息，之后又再次上升，孩子们用手抱住了头。最后，声音消失了。

蒂米无法忍受这个声音，它疯狂地叫着，像疯了一样四处奔跑。然后第二个声音响起来，是一声啸鸣！这个声音循环往复，随着回声一个洞穴一个洞穴地汹涌而来！安妮抓紧了迪克，害怕极了。

“那是什么声音？”她说，“快点，我们走吧！”

接着，四个孩子和吓坏了的蒂米一起跌跌撞撞地从比利科克山洞里跑了出来，那样子就好像有一百只狗在后面追赶他们！

小朋友们对钟乳石了解多少呢？

13

沉重的打击

小伙伴们站在洞口喘着粗气，他们为刚刚因为害怕怪声而逃跑感到羞愧不已。

“天哪！”朱利安擦了擦额头说，“太奇怪了。那个口哨声，都钻进我的脑袋里了，就像是疯了的警哨一样。那个啸鸣声……嗯……”

“太可怕了，”安妮脸色苍白，用充满恐惧的声音说，“像野兽一样。我再也不想到这些洞穴里去了，我们回营地吧。”

他们平复好心情，走在洞穴外面铺满石灰的小路上，回到了他们的营地。雨已经停了，乌云开始消散。

五个小伙伴坐在帐篷里回忆刚才发生的一切。“我们要问问托比，是不是常常有那些声音。”迪克说，“我想知道是不是每个进入洞穴的人，都会听到那些可怕的哨声和尖叫声。”

“但是我们刚才还是太胆小了。”朱利安为自己感到羞愧。

“好吧，那就回去自己大叫几声，”乔治提议道，“说不定像它吓你一样吓到那个号叫的人。”

“不行，”朱利安立即说，“我可不会跟它比赛号叫。”他从毯子下面掏出自己的双筒望远镜，挂在脖子上。

“我要看看机场那边，”他说，“看能不能看到杰夫。”他把望远镜举到眼前，聚焦到下面的机场。突然，他惊叫起来。

“今早机场上好忙碌啊！”他惊讶地说，“那里有几十个人。不知道出什么事了。还有好多飞机，肯定是今天早上抵达的。”

每个人都用望远镜看了一眼。是的，朱利安说得没错。今天机场肯定有什么事情发生。人们匆匆忙忙的，然后又传来另一架飞机的噪音，它灵活地急降到跑道上。

“天哪，又一架飞机！”迪克说，“他们都是从哪儿来的？我从来没听到过这么多飞机的声音。我们在洞穴里的时候，他们肯定已经到了，我希望能问问托比的堂兄杰夫到底发生了什么事。”

“我们可以在午餐后下山去农场，看看托比是否听到了什么。”安妮建议道，大家都同意了。

“谢天谢地，太阳又出来了。”乔治说。一簇温暖的阳光从云层后面迸发出来，太阳出现在蓝天中央，“现在石南很快就会干了。我们听新闻吧，正好能赶上天气预报呢。希望天气放晴，我可不想带着雨衣四处走。”

他们打开了小收音机，但却错过了天气预报。“倒霉！”迪克抬起手正打算关掉收音机，此时五个字冒出来打断了他的动作——“比利科克山”！他的手悬在空中，惊讶地听着。他们听到播音员清晰的声音。

“在比利科克山失窃的是两架价格高昂的飞机，配置了先进的装备，”收音机里的声音说，“可能正是因为这个原因飞机才会遭到劫持。令人遗憾的是，似乎是我们两位最棒的飞行员把它们开走了。一位是空军上尉杰夫·托马斯，另一位是空军上尉雷·威尔斯。没有收到任何来自这两架飞机的消息。两架飞机在昨夜的暴风雨中消失在了比利科克山。”

新闻在这里暂停了，然后播音员继续播放下一条新闻。迪克关掉收音机，茫然地看着其他人。没有人说一句话。

“看看杰夫干了什么！他是个叛徒！把我们的飞机卖给敌人！”朱利安终于说出了所有人的想法。

“我们昨天听到飞机飞走了！”迪克说，“两架飞机！天哪，我们应该去找警察，把我们知道的告诉他们，虽然我们知道的不多。但是，我说，帅气的杰夫怎么会这么做，我真是太喜欢他了。”

“我也是。”安妮转过头去说。

“蒂米也是，”乔治说，“蒂米从没在识人上犯过错。”

“可怜的托比该怎么办呢？”迪克说，“他那么崇拜杰夫。”

蒂米突然向前跑了几码然后开始吠叫，这次是欢迎的吠声。朱利安跟上去，是托比来了！

他来到大家面前，坐了下来。他的脸色苍白而又震惊，尽管还试图对他们微笑。

“我听到了一些可怕的消息。”他用嘶哑的声音说。

“我们知道了，”迪克说，“我们刚刚听到广播。唉，托比，帅气的杰夫呀！”

令大家吃惊的是，托比的脸抽动着，泪水顺着他的脸颊流了下来。他也没用手去将眼泪拭去，实际上，他好像没感觉到脸上的泪水。大家都不知道该怎么安慰他，除了蒂米。亲爱的蒂米越过朱利安，同情地舔着托比湿润的脸庞，发出呜呜声。托比搂着蒂米的脖子，打开了话匣子。

“不是杰夫！杰夫不可能这么做。不可能！你们知道他不会的，对不对？”他转过头看着他们说。

“我没法相信是他干的，”朱利安说，“在我看来，他绝对是正直而且值得信赖的，尽管我才见过他一面。”

“他对我来说就是一个英雄，”托比用手帕擦干自己的脸，有点惊讶自己脸上有这么多泪水，“天哪，我竟然跟女人一样！但是今天早上军警来我们农场问了一些关于杰夫的问题，你们知道，他是我爸爸的侄子。我都没法相信自己的

10

耳朵。其中一个笨蛋气坏我了，我打了他一拳，我妈妈把我赶出来了。”

“杰夫和另一个人都失踪了？”朱利安问，“没有其他飞行员失踪吗？”

“没有，我问过了，”托比凄惨地说，“除了杰夫和雷，今早所有的人都在营地点名答到了。雷是杰夫最好的朋友，你知道的。”

“情况好像很糟。”一段沉默后，迪克说道。

“但是杰夫绝不是叛徒！”托比竭力反对着，“你是不是想说他就是叛徒？”

“不，我没有，”迪克说，“别傻了。我没有……”他停下来，因为蒂米跑出来凶猛地吠叫起来。现在又是谁来了？

一个深沉的声音对着蒂米喊道：“坐下，乖孩子，坐下！你的朋友们呢？”

朱利安走过来看到两名军警站在激动的蒂米面前。“回来，蒂米，”朱利安喊着，“没事吧，朋友？”

蒂米跑向他，两名魁梧的军警也走了过来。“你们几个孩子在山上露营了？”第一个警察问，“关于昨晚的事，我们想问你们几个问题。你们当时就在这儿，对吗？”

“是的，先生。我们还知道你们来的目的，”朱利安说，“我们会把知道的都告诉你们的。但是我们非常确定空军上尉托马斯和这件事没有任何关系，先生。”

“也许吧，”警察说，“好了，大家都坐下。我们谈一谈。”

之后，他们就坐在石南花丛中，朱利安把知道的一切都告诉了他们，虽然并不多，只是两架飞机一起飞过的声音。

“昨晚你们没听到其他任何可疑的声音吗？什么都没有吗？”第一个警察问。

“没有。”朱利安说。

“附近一个人都没有吗？”第二个警察停下记笔记，抬起头来问道。

“哦，对了，有人在附近出现过。”朱利安忽然想起了蝴蝶专家布伦特先生，他说他和格林格尔先生都在查看他们的捕蛾陷阱。

第一个警察连珠炮似的问了几个问题，朱利安和其他人把知道的事情都告诉了他们，当然朱利安最了解情况。

“你确定你看到的人是布伦特先生吗？”警察问。

“他说他是，”朱利安说，“而且他肩膀上还扛了一个捕蝶网，还戴着和我早上看到的一样的墨镜。当然，当时天很黑，但是我真的认为那就是布伦特先生。我没看见格林格尔先生，也没听到他的声音。布伦特先生说他离我们还有一段距离。他们都对捕捉飞蛾和蝴蝶特别疯狂。”

“我明白了，”警察说着合上了他的笔记本，“非常感谢。我想我们会针对你们说的拜访一下他们，你们怎么叫他们来着，蝴蝶专家？他们在哪儿闲逛呢？”

孩子们提出要给他们带路，小伙伴们和两个魁梧的警察一起去了蝴蝶农场。

当他们走近那个岌岌可危的农舍时，第一个警察说："非常感谢你们。现在我们自己过去吧。你们可以回营地了。"

"先生，您能在确定我堂兄是清白的时候立刻给我们捎个信儿吗？"托比可怜巴巴地问，"我知道，一旦他知道自己涉嫌做了什么事的时候，他会跟您联系的。"

"真不走运啊，孩子，他是你的堂兄，对吗？"高大的警察温和地说，"但是你必须面对现实，昨晚就是杰夫·托马斯开走了其中一架飞机！这无可辩驳！"

14

格林格尔先生的烦恼

两名军警下山去了蝴蝶农场，孩子们和蒂米垂头丧气地站在原地看着他们。蒂米不清楚发生了什么，但它肯定那是件可怕的事。

“唉，在这儿干等着也没有用，我有个建议，”朱利安说，“我猜他们从蝴蝶专家那儿搞不到什么线索，他们除了自己的宝贝蛾子什么也不会注意。”

他们刚打算往回走，就听到一声尖利的嘶喊声。“肯定是简斯夫人，她怎么了？”迪克说。

“我们最好去看个究竟，”朱利安说着和伙伴们一溜烟儿地跑下山。快接近那里时，传来了两名军警的声音。

“好了，好了，夫人，放轻松，我们只是来简单问几个问题的。”其中一名警官用温和的口气说道。

“走开！”老妇人叫喊着，并且用她瘦骨嶙峋的手拍打着他们，“你们来这儿干什么？我让你们快走开！”

“听着，夫人，别这样。我们想和格林格尔先生或者布伦特先生谈一谈，他们在吗？”另一位警官耐心地问。

“谁？你说谁？哦，他们！他们带着捕网出去了。只有我自己在这儿，我害怕陌生人，你们快走吧！”

“昨天晚上格林格尔先生和布伦特先生上山了吗？”其中一位警官问。

“昨天我很早就睡下了，怎么可能知道？拜托快走吧，别来打扰我。”

两位警官互相看了看，无奈地摇了摇头。看来从这个受了惊吓的老妇人身上得不到什么有价值的消息。

“好吧，夫人，我们这就走，”一位警官轻轻地拍了拍简斯夫人的肩膀，说，“对不起，打扰您了，您不用害怕。”

他们回到山坡上，看到孩子们安静地站在那儿，问他们说：“我们听到简斯夫人的尖叫声，想看看发生了什么事。”

“你们所说的蝴蝶专家们带着捕网出门了。不得不说，这真是一种有趣的生活，捕捉昆虫，照看它们的卵和幼虫。我想他们对昨晚的事一无所知。两名飞行员开着飞机飞走了，我们知道是谁干的，这毫无疑问！”

“哼，反正不是我杰夫堂兄。”托比愤怒地说。警官们耸耸肩，离开了。

孩子们一路无言地回到山上。“午餐时间早就过了，咱们最好先吃点东西。”朱利安打破沉默，“托比留下来，我们一起吃点。”

“我什么也吃不下。”

“安妮，乔治，把我们的食物都拿来。”朱利安说。蒂米也跟着女孩们过去了。大家都没什么胃口，但当午餐准备好后，所有人都狼吞虎咽起来。除了托比，他茫然吃着安妮做的三明治，一脸苍白。

蒂米突然叫了起来。朱利安似乎看到山坡下有一阵骚动，于是拿起望远镜想看个仔细。

“好像是格林格尔先生，我能看见捕网，估计他又在扑蝴蝶了。”

“我们把他叫过来吧，”迪克说，“跟他说说早上的事，简斯夫人肯定什么也说不清楚。”

朱利安发出咕咕的暗号声，那边回应了。“他来啦。”蒂米不等迪克说完，就跑去迎接。不一会儿，格林格尔先生喘着气爬上山坡。

“我正希望能见到你们呢。”他说，“我想请你们帮我留意一种特别的蛾子——朱砂蛾，它有着深红的翅膀，就像前几天你们帮我找到六斑飞蛾一样……”

“是的，我知道这种蛾子，”朱利安说，“我们会留意的。不过我们现在想告诉您今天早上的事。有两位军警到您的小屋想问您一些昨晚的问题，而且我们确信简斯夫人跟您说不

明白，所以想最好亲自告诉您。”

格林格尔先生看上去一脸茫然地说：“可是……可是军警究竟为什么要到我们的小屋去呢？”

“没什么，”朱利安说，“只是想问问昨晚您在外面看捕蛾器的时候，有没有发现什么可疑的东西，您看，有两架飞机……”

格林格尔先生非常吃惊地打断他：“可是……可是亲爱的，我昨晚根本没出去！在那种天气下，无论是在捕蛾器上，还是在别的地方，都不可能找到飞蛾的。”

“是吗？”朱利安也很惊讶，“但是我们看见您的朋友布伦特先生，他说你们俩都出去看捕蛾器了。”

格林格尔先生目瞪口呆地盯着朱利安，好像他疯了似的说：“布伦特先生？可是彼得——也就是布伦特先生，一直和我在一起，我们昨晚都在忙着写笔记。”

听了格林格尔先生的话，大家都惊呆了。朱利安皱起眉头，这到底是怎么回事？格林格尔先生是在故意隐瞒昨天他们外出上山的事实吗？

“但是，我确信昨天晚上看到布伦特先生了，”朱利安开口说，“天确实很暗，可是我肯定看到他的捕网了，还有他的墨镜。”

“他不戴墨镜啊，”格林格尔先生打断他，“你们在编故事吗，还是开玩笑？要是再胡说八道，我可要走了。”

迪克像是想起了什么，说："等等！您说布伦特先生不戴墨镜，那么昨天下午六点左右的时候，是谁在您家用五先令从我们手里买走了一只飞蛾呢？他说他就是布伦特先生，您的朋友！"

"简直是胡言乱语！"格林格尔先生很生气，"把我的时间浪费在这种无聊的恶作剧上。我说过了，布伦特不戴墨镜，而且昨天下午六点他根本不在家，我们一起去隔壁镇子采购工具了。你们不可能见到他！你们编这些谎话到底想干什么？墨镜，五先令换只飞蛾，半夜看见他在山上，这根本不可能！"

格林格尔先生愤怒地站起来，看着很凶，明亮的眼睛透过厚厚的镜片闪闪发光。"好吧，"朱利安说，"这一切真是令人费解，而且……"

"莫名其妙！你们不过是一群愚蠢的、没有礼貌的小屁孩！"格林格尔先生突然嚷起来，大发脾气。蒂米立刻站了起来，发出警告的咆哮，它可不允许任何人对它的朋友大喊大叫！

格林格尔先生气哄哄地走了，使劲踩着石南花，仿佛是在把孩子们踩在脚下。他们听见他边走边自言自语着什么。孩子们惊讶得面面相觑。

"我真是被搞糊涂了！"朱利安一脸无助地说，"难道我昨晚在做梦吗？不对，不管怎么说，我确定看见那家伙了，即使是隐隐约约的。他说他就是布伦特，还说格林格尔先生就在那附近。如果他不是布伦特先生，那会是谁呢？他为什么要在暴风雨的夜晚出去扑飞蛾呢？”

所有人都一头雾水。托比先开口了：“说不定那个人和飞机失窃有关系！”

“不可能，托比，”朱利安说，“那太牵强了。我说不清楚，但他看起来真的不像是一个能偷走飞机的人！”

“如果给我五先令的那个人不是布伦特先生，那他是谁？”迪克又抛出一个疑团。

“会不会是简斯夫人的儿子？假装是布伦特，捉弄我们？”乔治猜测道。

“他长什么样？”托比马上问，“我认识威尔·简斯，他以前经常来我们农场。自从他开始酗酒后我们就不再雇用他了。这个‘布伦特先生’看起来什么样？要是威尔假装的，我一眼就能看出来。”

“他很瘦小，戴着一副墨镜，”迪克的话被托比打断了，“那肯定不是威尔。他又高又壮，脖子很粗，而且，他根本不戴墨镜，什么眼镜都不戴！”

“那这个人到底是谁？为什么假扮布伦特？”迪克问。所有人都愁眉不展，对整件事感到困惑不解，谁会想要假装成布伦特先生？没有人能想出一个合理的理由。

“好了，咱们先吃午餐吧，”乔治说，“再吃块火腿三明治吧，朱利安。”

孩子们都默不作声，绞尽脑汁地想着。托比叹了口气说：“我并不觉得蝴蝶专家们或其他什么人与飞机失窃有关系，虽然我倒希望有！”

“我也这么想，我们必须调查清楚，”迪克严肃地说，“现在最重要的是要睁大眼睛，竖起耳朵，蝴蝶农场要出大事了！”

乔治和安妮在户外扑蝶，当她们休息的时候，乔治给安妮出了一道谜题：“安妮，给你一道数学等式 1000 × 10=10000，猜一个成语，你知道是什么吗？”

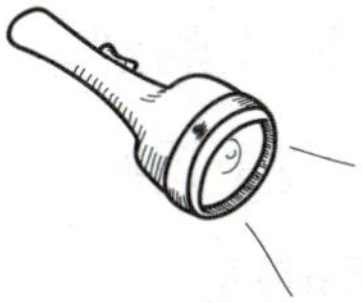

15

夜间出行

整个下午，大家都在讨论那个假装布伦特先生的神秘男人。他究竟为什么这么做，这很容易就会被识破。

“我只能认为有一个疯子以为他自己就是布伦特先生！”迪克说，“怪不得他认不出我们带去的那只飞蛾！”

“我有个提议！”乔治突然说，“我们不如趁今晚天黑时，下山到蝴蝶农场去看看假布伦特在不在，还有那位我们没见过的真布伦特和格林格尔？”

“嗯，好主意！”朱利安说道，“但是只能我和迪克去，你和安妮留下。”

“我也去！”托比赶紧说。

“好的，”朱利安说，“但是我们得加倍小心，万一出了什么事，我们被抓住的话，那可就糟糕了。”

“带上蒂米吧！”乔治说。

“不行，他会叫出声的。”迪克说，“不用担心，乔治。我们经历过那么多冒险，这种情况已经轻车熟路啦！哈，我开始期待今天晚上的到来了！”

所有人，甚至连托比都来了精神。他微微一笑，站起来拍拍身上的面包屑。

“我得先走了，下午还有好多农活要干。晚上我在蝴蝶农场旁边那棵大橡树下和你们汇合，你们看到过它吧？”

“当然，一棵巨大的橡树。”朱利安回答，“好吧，那我们就约在十点，不，还是十一点吧，那时天差不多就黑了。”

“那晚上见！”托比下山了，蒂米送了他一小段。

“现在有了明确的计划，我感觉好多了！”迪克说，“天哪，已经五点半了。乔治，别准备下午茶了，咱们午餐吃得太晚了。”

“我没打算做，再晚一点我们再好好吃顿晚餐吧。哦，六点整别忘了收听新闻，没准儿会有杰夫和他的朋友雷还有机场的新消息。”

马上六点了，伙伴们打开收音机，全神贯注地等着新闻。终于来了，头条报道就是关于失窃的机场的。大家屏住呼吸，弯着腰，把耳朵凑近收音机。

“昨晚比利科克机场失窃的两架飞机已经找到。这两架飞机是由空军上尉杰夫·托马斯和雷·威尔斯盗走的。目前，两架飞机都坠入了海中，尚有打捞上来的可能。但并没有发现两名飞行员，据推测，他们已经溺水身亡。今天下午在爱丁堡有一场盛大集会……”

朱利安关掉了新闻，冷静地看着其他人。“嗯，就是这样！两架飞机都坠毁了！我想是暴风雨的缘故。好吧，至少没有敌人能够拿到飞机上的新装备。”

“但是，这意味着托比的堂兄淹死了，或者被杀了。”安妮面色苍白地说。

“是的，但别忘了，如果他成功盗走了飞机，那他就是叛徒了，”迪克严肃地说，“叛徒就该去死。”

“但是杰夫堂兄看起来不像叛徒啊！”乔治不相信，“他看起来那么好，那么绅士，我说不出比这更好的话了。我觉得我再也不会相信自己看人的眼光了，我那么喜欢他。”

“我也是！”迪克皱着眉头说，“唉，事情已经发生了。真希望不是他干的。他是托比的偶像。这对托比的打击太大了，太可怕了。”

大家都沉默了。他们都深感震惊，不仅因为杰夫堂兄是叛徒，还因为他被淹死的消息。对那个前几天还跟大家开玩笑的眼睛明亮、面带微笑的飞行员来说，这似乎是一个可怕的结局。然而，这是叛徒们应得的下场。

“我们是不是该收拾东西回家？”安妮说，“我的意思是，现在托马斯一家一定很震惊和悲伤，我们在这儿，会让他们感到尴尬的。”

“不，我们不去农场打扰他们。”朱利安说，“我认为我们现在不能抛弃托比老弟。你知道，有朋友陪伴在身边会对他有帮助的。”

“说得对，”迪克支持朱利安，“现在正是需要好朋友的时候，可怜的托比，他会被这个消息打倒的。”

“今天晚上，他还会去老橡树那儿和你们见面吗？”乔治问道。

“不知道。”朱利安说，“不来也没关系，不管怎么说，迪克和我也会做些必要的侦查，试着解开蝴蝶农场的秘密，正好也可以让我们从这个惊人的消息上转移一下注意力。”

他们绕着山散了会儿步，蒂米高兴地在石南花丛里跳来跳去，它无法理解它的四个朋友为什么这么严肃，都不笑。蒂米只要嗅出兔子的味道，一切烦恼都能抛到脑后。

晚上八点钟，他们吃过晚餐，迪克说：“听会儿广播吧。九点钟再听听新闻，看有什么新消息。”

但是，九点的新闻只是在重复播报六点时关于两架飞机的新闻，没有一点新线索，迪克关掉收音机，向山下的飞机场望去。机场上仍然停着很多架飞机，虽然白天已经飞走了一些。朱利安举起望远镜说：“机场内没什么人，事情平息下来了。要我说，昨晚听到飞机加速，起飞，他们肯定惊呆了！”

“也许他们在暴风雨中没听见。”乔治说。

“不可能，我们在山上都听见了，”迪克说，“你们要不要进帐篷？我和朱利安不进去了，等会儿还要去大橡树那里，万一睡着了就错过时间了。”

“我希望你们能带着蒂米，”乔治不安地说，“我不喜欢蝴蝶农场，不喜欢那个女巫似的老太婆，不喜欢那个戴着墨镜的假扮布伦特先生的人，也不喜欢那个没见过的儿子。”

“别傻了，乔治，”朱利安说，“我们 12 点就回来。蒂米到时候会大叫着来迎接我们的，这样你就知道我们是安全的了。”

女孩们不想回帐篷休息，所以伙伴们一起坐下来，聊着天，看着太阳在地平线上渐渐消失。天气又变得怡人起来，万里无云，昨天晚上的暴风雨就像从来没有发生过。

最后，朱利安看着手表说：“该走了。蒂米，照顾好女孩们！”

“汪！”蒂米好像在说，“保证完成任务！”

“你们也要小心！”安妮说，“多美的夜晚啊，我们去送送你们吧。”

一行人一起出发了，女孩们送男孩们到半山腰后，就和蒂米原路返回了。安妮说：“蒂米，等会儿 12 点他们回来的时候可要记得叫哦，虽然我知道到时我们还是醒着的。”

两个男孩沿着山坡往下走，向右拐向蝴蝶农场。这时天几乎黑透了，尽管六月的夜晚如此清澈明亮。“我们小心点，别被人发现，”朱利安喃喃自语，“这是一个晴朗的夜晚。”

他们来到了蝴蝶农场后面的大橡树下，托比没在那儿。但过了两分钟，他们听到一阵轻微的沙沙声，接着看见托比气喘吁吁的，好像是急急忙忙跑来的。

“对不起，我来晚了，”托比小声说，“你们听新闻了吗？”

“是的，我们感到非常遗憾。”

“嗯，我还是不相信杰夫堂兄和雷·威尔斯偷了飞机，一定是别人干的，所以我并没觉得比之前更难过。”托比说，“既然杰夫没有偷飞机，那么飞机坠毁时他肯定不在里面，所以他也没有淹死。你们明白吗？”

“是的，明白了。”朱利安很高兴托比这么想，但心里还是告诉自己不要抱什么希望。

“你们计划怎么办？”托比问，“我看窗户还亮着灯，没有窗帘，我们可以偷偷地观察每个窗户，看看到底是谁在里面。”

“好主意，”朱利安说，“来吧，不过千万别出声，排成一列，我来带路。”

他们悄悄地从大橡树摸到小破屋边。在亮着灯的窗口里，他们会看到什么呢？

16

窗前探秘

三个人蹑手蹑脚地向小屋走去。“别靠得太近，”朱利安低声说，“保持点距离，这样我们既能看到谁在房间里，又不让他们看见我们。”

“看楼下那扇窗户，那是厨房。如果简斯夫人还没睡的话，她肯定会在里面。”

他们轻轻地挪过去，房间里只点了一根蜡烛，形成了一片巨大的阴影。男孩们屏息凝视着里面。

没错，简斯夫人就在那里。她穿着一件破旧的睡衣，坐在棕色的摇椅里。她来回摇晃着，虽然男孩们看不见她的脸，但他们感觉到老妇人很不高兴，并且很恐惧。她的头垂在胸前，干瘪的手颤抖着把稀疏的头发往后梳。

“她不是女巫，可怜的老太婆！”迪克低声说，看到她这么晚还独自一人在那里摇摇晃晃，感到很难过，“她只是一个可怜的，受惊的老妇人。”

“这么晚了，她为什么还不睡觉呢？”朱利安说，“她肯定是在等什么人。”

“是的，很可能。我们要提高警惕。”托比说着，回头看看，好像感觉后面会有人爬上来。

“现在我们绕到前面去。”迪克说。于是他们踮着脚走过去，看见了另一扇亮着灯的窗户，比厨房的窗户要亮得多。他们不敢走得太近，怕被人看见。大家往里一看，房间里有一张桌子，有两个人坐在桌旁，正在聚精会神地看一些纸张。

“是格林格尔先生！”朱利安低声说，“旁边那个毫无疑问是他的朋友布伦特先生。那个戴墨镜给我们五先令换飞蛾的人，跟这位布伦特先生一点也不像！”

他们都目不转睛地看着那位“朋友”。他是一个非常普通的人，留着小胡子，黑头发，鼻子挺大，一点也不像他们前一天看到的“布伦特先生”。

“他们在干什么？”托比小声地问。

朱利安说：“看上去好像在列清单，很可能是在为顾客开账单。不管怎么样，我得说他们坐在那里看上去很正常，而且做的也是非常平常的工作。我想格林格尔先生说的是实话，他说不是布伦特先生给了我们五先令，我昨晚在山坡上看到的那个人肯定也不是他。”

“那个人会是谁呢？”迪克说着把其他人从窗户边拉

开，这样方便说话，“飞机被偷的那晚他为什么会在山上？他为什么带着蝴蝶捕网，还编造那些关于飞蛾陷阱的谎话呢？”

“是啊，为什么？我也想亲自问问他。”托比声音太大了，其他人立刻用手肘碰了碰他，他压低声音继续说，“昨晚究竟发生了什么事，我们对此一无所知。朱利安，我想找找你在山坡上遇到的那个冒牌的布伦特先生！”

“好吧，说不定我们能找到，”朱利安说，“现在，还有别的窗户亮着灯吗？在那儿，屋顶下面会是谁呢？”

“也许是简斯夫人的儿子，”迪克说，“他肯定从三间卧室里挑了一间，却让他妈妈睡在楼下那把破摇椅里！我猜另外两个小房间是蝴蝶专家们的。”

“太高了，怎么才能看见里面呢？”托比说，“那边有棵树，我们爬上去应该就能看到了。”

“有个更简单的方法。”朱利安迅速地打开手电筒，好让大家看到靠在棚子边上的梯子。

“好主意！”迪克说，“但是我们得保持安静，不管那里面是谁，只要他听到梯子的顶端与窗台摩擦发出‘咯咯’的响声，肯定会立刻走到窗前来看！”

“好吧，我们能做到，”朱利安说，“窗户不是很高，梯子也不是很重。我们可以把它轻轻地贴在墙上，不发出一点声音！”

梯子确实很轻。孩子们毫不费力地把它搬到小屋边上。他们把它贴在墙上，一点响声也没发出来！

“扶好梯子，我爬上去。”朱利安小声说，“你们要机灵一点，不管听到什么，都要第一时间给我一个信号，我可不想被困在梯子顶上！”

他爬上晃晃悠悠的梯子，两人赶紧帮忙扶稳。朱利安来到窗前，小心翼翼地抬起头，直到他能看到房间里面。

这是一间小小的凌乱的房间，家具简陋，点着一支蜡烛。有一个人坐在床上，是个大块头，肩膀宽阔，脖子像公牛一样。朱利安凝视着他，没错，那一定是简斯夫人的儿子。她说过，他对她很不好。朱利安想起了那个嘟嘟囔囔地抱怨她儿子的声音：“他打我，虐待我。”是的，床上的那个人就是那个可恨的恶霸，这毫无疑问。

他正坐在蜡烛旁边读着报纸。

朱利安看见他从口袋里掏出一块表，盯着它看，嘴里自言自语地，朱利安听不见他说些什么。他突然站起身，朱利安生怕他走到窗前来，赶紧以最快的速度滑下梯子。

“是简斯夫人的儿子，”朱利安告诉大家，“我怕他走到窗边，所以赶快滑下来了。糟糕，我手掌扎了根刺！托比，你能爬上去确认一下那究竟是不是威尔·简斯？”

托比确定没人从窗户往外看后，立刻爬上去，又迅速地滑下来。

“就是威尔，可是我的天，他变了！”托比小声说着，“他现在看起来就是个坏蛋，可是不久以前他还是个善良、正派的人。妈妈说他跟一群坏家伙混在了一起，而且开始酗酒，所以我想他现在完全变了。”

朱利安说：“他看着表，好像在等人。现在，我想知道，昨晚拿着捕网在山坡上晃荡的那个人今晚会不会到这儿来？我倒想好好看看他要干什么坏事。”

“好吧，我们找个地方躲起来等着。”托比建议，“没人知道我出来了，而且妈妈要是知道我来找你们的话，也不会介意的。”

“我们藏在那边的谷仓里吧。”朱利安说。男孩们踮起脚尖，进入那个破旧的谷仓。房顶掉了，墙也塌了，里面脏兮兮的，似乎没有干净的地方可以坐。最后，朱利安找来一些满是灰尘的麻袋，把它们放在角落里，三个人在黑暗中坐了下来，静静地等待着。

“呃！”迪克说，“这里太臭了，好像是烂土豆的味道。真不该选这里。”

“嘘！”朱利安突然说，轻轻推了迪克一下，吓了他一跳，“我听见了什么声音。”

他们都静下来，竖起耳朵听着。那是一阵轻轻的脚步声，像是橡胶鞋。脚步声经过谷仓，听不到了。接着，传来一声低低的口哨声。

朱利安站起来，从破窗户看出去，“有两个男人正站在威尔卧室下面，肯定是他等的人。威尔马上就会下来，老天保佑，千万不要让他们来这个谷仓！”

这是个可怕的想法，但是现在没机会出去了，小屋门开了，威尔从里面走出来。朱利安还在透过破碎的玻璃窗往外看，从格林格尔先生的窗户透出的光线中隐约看得到威尔的身影。

那三个人悄悄地绕过小屋，走了。“来吧，”朱利安说，“我们跟上去。没准儿能弄明白到底发生了什么事。”

“现在几点了？”迪克问，“我希望女孩们不会担心我们。现在肯定已经 12 点了。”

“是的，”朱利安看着他的夜光手表说，“那也没办法了，她们知道我们在做什么！”

孩子们悄悄跟在后面，那三个人走到玻璃房子另一边的树丛前，开始交谈，但声音很低，他们什么也听不见，只听见微微的低语声。

突然一个人提高了嗓门。“是威尔，”托比立刻认出了他，“他好像对什么事很生气。当他认为别人对他不公平时，总是这样发脾气，看来是那两个人惹到他了。”

另外两个人试图让他安静下来，但他不肯。“我要我的钱！”孩子们听见他说，“我帮了你们，不是吗？我把你们藏在这儿，直到事情结束，不是吗？那就快把钱给我！”

他大喊大叫着，和他在一起的两个人害怕起来。孩子们不知道接下来发生了什么，只听见突然间传来了一阵打击声，接着又是一拳，还有跌倒的声音。威尔·简斯大笑起来，那可不是什么友好的笑声。

几秒钟后，从格林格尔先生和他朋友的工作室里传来一个焦急的声音：“谁在那儿？发生了什么事？”

“哗啦啦！”那是打碎玻璃的声音！威尔·简斯捡起一块大石头，扔向旁边的玻璃房子。三个男孩吓得魂飞魄散。

“没关系，先生！我出来看看谁在这儿鬼鬼祟祟的！”威尔喊道，“有人打破了您蝴蝶房的玻璃。我在外面大声呼喊，想抓住他。”

他跌跌撞撞地向房子走去，巧的是，他的手电筒忽然照在三个蹲在地上的男孩身上。他喊了起来：“你们是谁？是他们干的，先生！几个毛孩子打碎了玻璃！快抓住他们！好的，我抓住了两个，您去抓第三个！”

假如 3 个空的姜汁汽水瓶可以换一瓶新的姜汁汽水，安妮买了 10 瓶，那么她最多可以喝到多少瓶姜汁汽水？

17

一波未平

事情发生得太快了，完全出乎孩子们的预料。他们被抓住了，完全无法逃脱。

威尔抓着迪克和托比，一手一个，他太强壮了，孩子们怎么使劲都挣脱不开。

朱利安正好撞上格林格尔先生和布伦特先生，两个人气坏了，把他架在中间。“你们偷偷摸摸的到底在干什么？为什么打破玻璃房？”格林格尔先生怒吼着，摇晃着朱利安的肩膀，“那些蝴蝶会飞走的！”

“放开我！我们没有打破玻璃房！”朱利安喊道。

“就是你干的！我看见了！”威尔大声喊。

“你撒谎！放开我们！我是比利科克农场的托比·托马斯。你快放开我，不然我爸爸饶不了你！”

“噢！原来是托比·托马斯啊！”威尔冷笑着说，“托比·托马斯的爸爸现在不会雇用威尔·简斯了，因为他没把他放在眼里。你等着，明天我就把你们交给警察，就说你们偷走了我们的母鸡！”

威尔把愤怒的男孩们拖到一间小屋旁，他对着格林格尔先生和布伦特先生大喊：“把那个也带过来，把他们扔进去，锁上门，让他们在里面凉快一个晚上！”

朱利安勇敢地反抗着，但要想挣脱，他只能使劲乱踢，而他真的不想伤害他们。这完全是个误会！

就在这时，传来一个声音，天哪，朱利安的心都快跳出来了，那是一声狗叫！

“是蒂米！蒂米来了！”朱利安冲着两个男孩喊道，“快喊它！它会让简斯松手的！”

“蒂米！蒂米！”迪克大声地喊道。蒂米立刻跑过去，开始恶狠狠地咆哮起来，威尔·简斯不敢再把孩子们往小屋里拽了。

“放了我们，不然它会扑过来咬你的。”迪克警告说。蒂米又咆哮起来，咬了一下威尔的脚踝，让他知道自己牙齿的厉害。威尔放开两个男孩，他们挣扎着跑开了，大大松了一口气。接着蒂米跑向朱利安，格林格尔先生和布伦特先生已经听到了它的咆哮了，没等到它过来就将朱利安推开，躲到小屋里去了。

威尔·简斯也走进小屋，踉踉跄跄地走上楼梯。孩子们看到了他在烛光下的轮廓。

“谢天谢地，他没有去吓唬他可怜的老母亲。”朱利安说着，把在搏斗中被撕扯得皱皱巴巴的衣服抻直了，“我们最好去看看那两个人有没有被威尔打昏过去。天哪，今天晚上太惊险了！善良的蒂米，你来得真是时候！”

“我敢打赌，12 点钟一过，女孩们就派它来接我们了。”迪克说，“它很容易就能嗅到我们的踪迹。现在，咱们小心点过去，不管这两个人是谁，大概都是在这里被打倒的。”

但是根本没有任何人的影子。他们刚刚一定是很快从地上爬起来，逃之夭夭了。“他们肯定是趁着刚才的混乱逃跑了。”托比冷冷地说，“我们下一步怎么办？”

“回营地去，”朱利安说，“我们现在还没有搞到更多的信息，除了我们知道格林格尔和布伦特是蝴蝶专家，简斯很坏，和那两个人混在一起……”

“他以某种方式帮助了他们，把他们藏在这里，而且没有得到报酬。”迪克补充说，“但是他是如何帮助他们的？他为什么这么做？”

“不知道，”朱利安说，“今晚我没法思考了，我的脑子转不动了。回家吧，托比。我们明天再谈这件事。”

托比走回农场，迷惑不解，又兴奋不已。多么紧张刺激的夜晚啊！如果他告诉杰夫堂兄，堂兄会说什么呢？可是他没法告诉他，人们说他开走了那架飞机，并且已经葬身海底了。

“我不相信，”疲惫的男孩坚定地想，“我不相信，绝不！”

听到男孩们和蒂米回来了，女孩们松了一口气。“发生了什么事？你们怎么这么晚回来？”乔治说，“蒂米找到你们了，对吗？”

“它到得太及时了！”朱利安说着，对着乔治的手电筒咧嘴一笑，“我想，是你们派它来找我们的吧？”

“是的，蒂米自己也想去。它不停地呜咽着，好像预感到你们需要帮助，于是我们就让它去了。”

“我们确实非常需要帮助！”迪克说着扑倒在石南上，“来听听我们的经历吧。”

朱利安和迪克讲起今晚的遭遇，女孩们听得目瞪口呆。“到底发生了什么事？我们怎么才能弄清楚威尔·简斯和那两个人在搞什么鬼？”乔治疑惑地说。

“他不会说的，没人能让他开口。不过我想明天早上再去趟蝴蝶农场，看看他离开没有，我们没准儿能从简斯夫人那儿打听到一些秘密。”

“对啊，”乔治同意道，“既然她帮他儿子藏那两个人，那她肯定知道点什么。如果她愿意，肯定能告诉我们一些事。”

“不过，”朱利安说着，躺进地毯般的石南花中，“现在我想睡觉了，你们两个喋喋不休的家伙，晚安！”

“到底是谁在喋喋不休！”乔治说，“我们连一句话也插不进去！走吧，安妮，我们终于可以放心地睡觉了。我想知道托比是否安全到家了，是不是也很快睡下了。”

是的，托比到家了，却一点也睡不着！他还在想着杰夫堂兄。要是能做点什么就好了，但他什么也做不了。堂兄不见了，而只有他自己能证明自己的清白……可是新闻里说他已经淹死了。

第二天早上，四个孩子醒得很晚，连蒂米也不例外。储藏柜里没剩下多少东西了，朱利安希望托比能多带些食物来。如果没有，他们就得去比利科克农场再买一些。他们早餐有面包、黄油和奶酪，接着大家又吃了一些糖果。

“我想我们直接去蝴蝶农场吧！”朱利安说，当有什么重要决定要做的时候，他就会像领袖一样站出来，“迪克，最好由你来问问题，因为你给了那位老妇人五先令，她当时感动极了！她现在可能对你最有好感了。”

“没问题，”迪克说，“好了，大家准备好了吗？”

他们动身去蝴蝶农场，蒂米紧随其后。谁也不想碰到威尔·简斯，于是在快到达时，他们放慢了脚步。但周围似乎没有人，连蝴蝶专家们也没在。

“我想他们可能是去捕蝴蝶了，”迪克说，“瞧，可怜的简斯夫人正想把洗好的衣服晾起来。她把一半的衣服都掉在地上了。快去帮帮她，安妮。”

安妮跑向那个老妇人。“给我吧，我帮您晾。”简斯夫人转向安妮，安妮惊讶地发现她的右眼又黑又青。

“您的眼睛是怎么弄的？”她问，“哦，把整个篮子都给我吧。天哪，您洗了这么多衣服！”

简斯夫人似乎有点头晕。她一句话也没说，只是站在那里看着安妮帮她搭衣服。“格林格尔先生和布伦特先生在哪儿？”安妮又问。

简斯夫人嘀咕了一句，安妮听出来她说他们去找蝴蝶了。“您的儿子威尔在哪儿？”她问，是朱利安向她打手势提醒她这么问的。

令她惊愕的是，简斯夫人竟然抽泣起来。老妇人举起她的脏围裙，先用它蒙住脸，然后，她半睁着眼，向前伸着双手，跌跌撞撞地走向了厨房的门。

“天哪，今天早上她到底经历了什么？”安妮对其他人说。迪克跑到厨房门口，领着老妇人走了进去，扶着她坐在摇椅里。

“你是那个给我五先令的男孩，”她咕哝着，拍了拍他的手，“你真善良。现在没有人对我好了。我的儿子，他很残忍，总是打我。”

“您的眼睛是他打的吗？”迪克轻轻地问，“什么时候？今天早上？”

“是的。他想要钱，”简斯夫人哭着说，“但我不会把那五先令给他的。他打了我，然后警察来了，把他带走了。”

“什么！警察把他带走了？您是说今天早上？”迪克吃惊地问。其他人也都吃了一惊。威尔·简斯是昨晚才打的人呀，难道这么快就被警察知道了？

“他们说他偷了东西，”简斯夫人抽泣着说，“还抢了老农夫达维尔的鸭子。但是，是那些男人教坏了我的儿子。他本来是个好孩子。”

“什么男人？”迪克拍了拍那只瘦削干枯的手，问道，“请把一切都告诉我们吧。我们能理解，而且会尽力帮助您的。”

“是你给了我五先令，对吗？”她又说了一次，“你会帮助一个可怜的老太婆的，是吗？我告诉你，是那些人带坏了我的儿子。”

“那些人，他们现在在哪儿呢？您儿子把他们藏在这儿了吗？”迪克问。简斯夫人紧紧抓住他的手，把他拉得更近了一些。

“有四个人，”她咕哝着，声音很低，迪克几乎听不见。“他们向我儿子承诺，如果他帮他们藏在比利科克山上，就会付钱给他。他们都有秘密，明白吗？他们躲在我的卧室里时谈起过这件事，我是偷偷听见的。”

“什么秘密？”迪克问道，他心跳开始加快，感觉谜团马上就要解开了。

“他们在看什么东西，”简斯夫人低声说，“在山上看什么东西。有时是白天，有时是夜晚，总是在观察。他们躲在我的小房间里，我给他们做饭，却什么也没得到。他们都是坏人。”

她又抽泣起来，四个孩子都觉得她很可怜。“别再让她伤心了。”安妮说。

这时外面传来了脚步声，格林格尔先生从窗口走过。他往里一看，惊讶地发现小厨房里有这么多人。

“你们怎么又来了？”他一看见朱利安和迪克就叫起来，“你们小心点！今天早上警察把威尔·简斯抓走的时候，我把你们的事告诉他们了。警察会找你们的，你们怎么还敢再到这里来？你们会因为昨晚在这儿，鬼鬼祟祟地破坏我的玻璃房子而受到惩罚的！”

18

手足无措

“我们走吧，”乔治说，“老妇人没别的能告诉我们了。我很高兴他儿子被警察带走，至少她不会再挨打了。”

格林格尔先生又开始生气地说话了，但他们五个已经受够了。蒂米咆哮着让他后退。

“我们要走了，格林格尔先生，”朱利安冷冷地说，“如果您真的派警察来追捕我们，我们会很高兴见到他们的。这里发生了那么多事，您都不知道。您只关心您的蝴蝶和飞蛾。”

“这有什么不对吗？你这个没礼貌的孩子！”格林格尔先生喊道。

“好吧，如果您注意到威尔那家伙怎么把他可怜的母亲打得遍体鳞伤，那就好了。”朱利安说，“我想您还没有看见她今天早上淤青的黑眼圈吧？我肯定您没看见。对了，也许

警察很快会找您问些问题，关于一直躲在楼上小卧室里的那四个陌生男人！”

“什么？你说什么？你什么意思？”格林格尔先生大吃一惊，结结巴巴地说，“男人？从哪里来的？他们是谁？”

“我不知道，我倒是希望知道。”朱利安说完，和伙伴们离开了，留下了满腹疑惑和不安的格林格尔先生。

“他活该！”朱利安说。想到他把那个可怜的老妇人当作他的奴隶使唤，却从来没有注意到她是多么害怕，多么不快乐，甚至根本没有发现她的眼睛被那个无赖儿子打青了，就让他回到他的蝴蝶那儿吧！

“简斯夫人的话是什么意思？她嘴里嘟嘟囔囔地说，那个房间里藏着四个人。”安妮疑惑地问，“他们为什么要去山坡上观察呢？在观察什么呢？朱利安，你在暴风雨的晚上看到的人，那个假布伦特，肯定是他们中的一个。他乔装打扮，这样就没有人会怀疑他为什么在那儿鬼鬼祟祟的了！”

“对呀，”朱利安说，“他们可能一直在监视机场。为什么我以前没想到呢？他们日日夜夜都在看——我猜他们是两个人白天监视，两个人晚上监视。他们花钱请威尔把他们藏在那间屋子里。他们到底在干什么？”

“朱利安，这可能与被盗的飞机有关吗？”乔治问，声音突然激动起来。

“很有可能。”朱利安说，“但我想不通这和杰夫·托马斯、雷·威尔斯开走飞机什么关系。不知怎么的，这似乎不太对劲儿。但我确信我们在这方面有了进展！我们现在去比利科克农场看看托比的爸爸托马斯先生在不在吧。我想我们应该把知道的都告诉他。”

“是的，这是个好主意。”安妮高兴地说，“我们现在确实需要一些帮助。”

“好了，那就走吧。”朱利安说。他们飞快地下山，沿着小路向比利科克农场走去。他们很快来到农场里，“托比！你在哪里？我们有新消息了！”

托比出现在谷仓门口，脸色苍白，因为昨晚他过得很糟糕。“哦，有什么消息吗？我唯一想听的新闻是关于杰夫的。”他问道。

“你爸爸在哪里？”朱利安问道，“我们认为他应该听听我们刚获得的消息。他会知道该怎么做，我们现在一筹莫展了。”

“我去找他，”托比立刻说，他朝着那片花奶牛正在吃草的草地喊了起来，“爸爸——爸爸——有人找您！”

他爸爸急忙跑过田野问道：“什么事？我正在忙。”

“爸爸，朱利安和迪克有事要告诉您，”托比说，“不会花很长时间。他们有点担心。”

“哦，好吧，怎么了，小伙子们？”托马斯先生说着，他那和善的棕色脸庞转向孩子们，“你们遇到什么麻烦了吗？”

“哦，不，先生，不完全是，”朱利安说，“我尽量简单点说。”他开始讲蝴蝶农场的故事，讲到他夜里在山上见过的那个男人，讲到蝴蝶农场的老妇人，讲到威尔·简斯如何虐待他的母亲。托马斯先生点了点头，说道：“是的，威尔去年变了，交了坏朋友。”

“我们遇到了他的一些‘坏朋友’。”朱利安说，接着他讲了头天晚上他们的冒险经历，最后把老妇人早上对他们说的话告诉了托马斯先生。

“现在威尔去哪儿了？”托马斯先生说，“他交了些狐朋狗友，甚至还虐待他可怜的老母亲，真够糟心的！那些躲在蝴蝶农场的人是谁？为什么他们晚上出去看飞机场？也许他们还参与了偷那些飞机的行动呢！”

托比听了非常激动，脸涨得通红说：“爸爸！也许是那些人抢了飞机！他们有四个，不是吗？他们会强壮到足以抓住杰夫和雷，把他们带到某个地方。然后他们中的两个开走了飞机，另外两个则看守着可怜的杰夫和雷。”

“你可能是对的，小托比。”他父亲说。但这是警察的事并且至关紧要，他们必须接近威尔，让他把所有知道的事情都说出来。如果杰夫和雷被关押在某个地方，我们一定要把他们解救出来。

托比兴奋得手舞足蹈地说：“我就知道不是杰夫！我知道他不可能做那样的事！我肯定是他们其中的两个人。爸爸，马上报警吧。”

托马斯先生急忙跑到屋里去打电话，然后把他所知道的一切都告诉了警察。他们惊奇地听着，立刻意识到孩子们所提供的信息是重大线索。

他们说："我们会立刻询问简斯。他有偷窃的嫌疑，所以我们把他带回来了。大约半小时后，我们会给您回电话的，托马斯先生。"

那是孩子们经历过的最漫长的半个小时了。朱利安看了好几次手表，没人能安静地坐着，尤其是托比。安妮也很烦躁，她想和班尼一起玩。但班尼和小猪都不在，所以她不得不耐心等待。

当电话终于发出刺耳的声音时，每个人都不约而同地从座位上跳了起来。托马斯先生跑过去拿起电话："是警察局吗？是的，我在听。有什么消息？哦……是的……是的……"

托马斯先生把电话凑近耳朵，一边聚精会神地听着，一边点头。孩子们同样目不转睛地盯着他，想从他那只言片语和他的脸上看出点什么。

"我明白了。哦，那太令人失望了，"他们听到托马斯先生这么说，心一下子沉了下去，"谢谢你。是的，的确很令人担忧。再见！"

他放下听筒，转身看向孩子们。托比向他喊道："是杰夫偷了飞机吗，爸爸？是吗？"

“不是。”他爸爸说，托比高兴得大叫一声，跳了起来。

“再没有什么比这个更重要了！”他哭了起来，“哦，我就知道不是杰夫！”

“先等一下，”托马斯先生说，“有一些事非常令人担忧。”

“什么？”托比吓了一跳，问道。

“威尔已经承认，那四人是被派去偷飞机的。其中两名是一流的飞行员，当然是外国飞行员。另外两个人是暴徒和恶棍，他们被派去在暴风雨中绑架杰夫和雷。他们把杰夫和雷打昏了，从机场拖走，然后把他们藏在了某个地方，再由那两名外国飞行员偷偷开走那两架飞机。当警报响起时，一切都晚了。”托马斯先生说。

“那么，当飞机坠入海中时，淹死的是外国飞行员，而不是杰夫和雷？”朱利安说。

“是的。但令人担忧的是，抓住杰夫和雷的那两个人，已经把他们藏起来了，却没有告诉威尔在哪里！”托马斯先生说，“他们拒绝给他任何报酬，因为飞机已经坠毁，他们的计划也失败了，他们也拒绝透露杰夫和雷在哪里……”

“我想，现在这两个暴徒已经逃走了，把杰夫和雷留在了一个我们永远也找不到的地方，让他们挨饿！”托比说，他神情恍惚重重地坐了下来。

“没错，”托马斯先生说，“除非我们能很快找到他们的位置，否则他们的处境会非常危险。他们很可能手脚都被捆住了，只能靠这两个恶棍给他们食物和水。一旦这些人走了，就没有人给他们东西维持生命了！”

托比吓坏了，焦急地说：“爸爸，我们必须找到他们，必须！”

“警察也是这么想的，”他的爸爸说，“我也想，但没人知道去哪儿找。”

“没人知道去哪儿找！”这句话回响在每个人的脑海里，“没人知道去哪儿找！”

老妇人遭受儿子的揍打，眼睛出现瘀青，你知道为什么被打之后会出现瘀青吗？

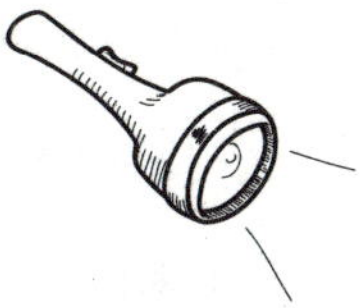

19

农场的晨间劳动

在托马斯先生说了那些绝望的话之后，大家陷入一片死寂。杰夫和雷正躺在那个“没人知道该去哪里找”的地方，忧心忡忡，因为知道他们的飞机被偷了，想象着飞机落在一个陌生国家的手中，被拆解，然后发现里面的秘密装置！

“他们一想到飞机这么容易就被偷走了，一定非常愤怒。”迪克说，“就这样被偷走了！机场里肯定有人知道这个秘密吧？”

“一定是的，”托马斯先生说，“从头到尾都是精心策划好的，当然，碰到那场暴风雨是他们的幸运，这样，他们逃跑的时候就没有人会看到，或听到，直到飞机飞上天才被大家发现，但那时一切都晚了！”

“是的，那天晚上雨就这么下起来了，”乔治回忆道，“没有人会在那么大的雨中待在外面，甚至机场的警卫也会找个地方避雨的。对那些家伙来说，真是天赐良机。”

“那正是他们期待的一个夜晚。”迪克说。

朱利安说：“四个奇怪的人在蝴蝶农场附近游荡，我不明白为什么格林格尔先生和布伦特先生从来没有发现或怀疑过任何事情。”

“他们脑子里除了蝴蝶和飞蛾什么都没有。”托比说，“我敢打赌警察会好好和他们谈谈的。”

“问题是，现在该怎么办呢？”朱利安说，皱着眉头，他转向正在沉思的托马斯先生，“您觉得呢，先生？我们能做点什么吗？”

“我想我们帮不上什么忙。”托马斯先生说，“警察说，他们接到过两三起举报，都是关于一辆封闭货车超速行驶的，他们认为就是那时候，那些人把杰夫和雷藏到了什么偏僻的地方，比如废弃的采石场，或者一些废弃的地窖，或者类似的地方。”

所有人都抱怨起来。他们确实什么也做不了，在几英里的范围内寻找采石场或者其他藏身之处简直太难了。

“好吧，我得回去干活了。”托马斯先生说，“托比，你妈妈在哪儿？你最好把这一切都告诉她。”

“她去买东西了，”托比看着钟表说，“她晚餐前就会回来。”

“我想班尼和她一起去了，”托马斯先生说着走到门口，

"卷尾巴呢，他的小猪去哪儿了？他不会把它也带上了吧？"

"我想他会的。"托比说，他看着其他四个孩子，突然想起了一件事，"我说，你们营地里的食物是不是不多了？要我给你们拿些来吗？"

"好吧，如果不太麻烦的话。"朱利安抱歉地说。想到杰夫和雷很可能正被困在什么地方，又饿又渴，什么吃的也没有，这时提到食物，似乎很不应该。

"我去拿，跟我来，安妮，想要什么就说。"托比说。他和安妮一起走进厨房，打开了巨大的食品储藏室的门。很快，安妮就挑选出了她想要的东西。她真想让可怜的、沮丧的托比恢复到之前快乐的模样。

"托比，今天早上我们能留下来帮你吗？"当他和安妮回来时，朱利安问道。他知道尽管现在是在假期里，托比还是有许多农活要干，他想，在这个令人担忧的早晨有朋友陪伴对他来说也许是件好事。

"那太好了！"托比说，顿时容光焕发，"我告诉爸爸，我今天要去刷鸡舍，今天天气很好，还有点微风，正是干这活儿的好日子。你和迪克要是帮忙的话，我们吃饭前就可以干完了。"

"好的！我们整个上午都可以帮你，然后我们再回营地去吃午餐。"朱利安说，"如果到时候你也干完了所有要做的活儿，也可以跟我们一起回去，我们下午可以去远足或者干点别的事情。”

“哦，没错！”托比说着，高兴得不得了，“那就来吧，我们去拿石灰和刷子。嘿，宾基，过来帮帮我们，还有你，蒂米。”

“等一下，我们不能帮忙吗？”乔治说，“我也可以像其他人一样刷鸡舍！”

“哦，不，乔治，这是一份脏活，可不是一个女孩能做的。”

“你冒犯乔治了。”迪克笑着说。他的话让托比感到很惊讶。

“真的吗？”他说，“哦，当然，我忘了她不喜欢女孩子气。等我半分钟！”他跑回起居室的窗前，叫了起来。

“嘿，乔治！帮我妈妈个忙怎么样？她因为没有时间去整理她的花圃，总是感到心烦意乱。我想你和安妮没准儿能帮上点忙吧？”

“是的，当然！”安妮高兴起来，“我们来找铲子，再找个家什装杂草。乔治！别这么愁眉苦脸的，让我们把整个花圃的杂草清理干净，让托马斯夫人高兴高兴。她那么善良大方，我很开心为她做点什么。”

“好吧。我也愿意。”乔治彬彬有礼地说，接着和安妮走进花圃。

几分钟后，她和乔治拿着铲子和两个装野草的旧铁桶开始了她们的工作。“小班尼在家就好了，”安妮说，“我想让他绕着我们跑，用他那可爱的高嗓门问问题。还有卷尾巴——他的小猪，像一只有趣的小宠物一样跑来跑去！”

“是的，我也喜欢班尼，”乔治说着，拔出一把野草，“我的天，这花圃里的草比花还多。”

“如果托比下午来营地的话，让他也带上班尼吧。”安妮说，“我喜欢小班尼，今天下午你和男孩们去远足时，我可以照顾他。”

“好吧，”乔治说，她既想和安妮、小班尼和他的小猪待在一起，又想和男孩们一起出去，“救命！我被这个超级厉害的荨麻刺痛了！”

那天上午孩子们干得很卖力。鸡舍已经擦洗干净，刷得很漂亮。开着门，被太阳一晒，风一吹，很快就干了。女孩们已经把这个大花圃里的杂草清除完了，她们对自己的表现相当满意！

大约在 12 点 45 分的时候传来了汽车的声音。“一定是托马斯夫人购物回来了，”乔治说，“快点，在她看到我们之前把花圃整理完吧，还有十分钟就弄完了。”

“班尼很快就会跑过来看我们在干什么。”安妮说，“还有卷尾巴！我的天，我刚把我的第九桶野草装满了！”

就在这时，三个男孩过来了，他们拎着空桶，拿着大刷子。蒂米也来了，身上粘了不少白点！

“喂，女孩们！”迪克说，“天哪，你们干得真不错！现

在真的能看到花了！”

女孩们坐了下来，很高兴。“是的，看起来好多了，”安妮说着，把头发往后一甩，“托比，我想是你妈妈回来了吧。我们最好现在回营地去，因为你马上就要吃饭了，等我们回到营地时，我们会饿得像狼一样。”

“没错，”托比说，“来，我帮你拿桶，还有铲子！”

“哦，谢谢你。”乔治说，“迪克，安妮和我还有蒂米现在一起回营地，我们拿上沙拉和需要水洗的东西，剩下的食物你们来拿，好吗？”

“没问题，”迪克说，“你们拿一个篮子，我们拿另一个。”

男孩们和托比走了。安妮和乔治去找托马斯夫人，可她进了奶牛场，找不到她了。

“算了，我们走吧，她肯定很忙。我们回去赶快把午餐准备好。”她们一起提着篮子，走出农场大门，沿着小路上山了，不一会儿就走远了。

男孩们在院子里的水泵下洗了手。托比去找他妈妈，告诉她警察说了什么，不过他爸爸已经告诉她了。她确实很担心。

“可怜的杰夫！可怜的雷！”她说。当听到迪克和朱利安的脚步声时，她回过头来。“哦，”她说，“我还以为是班尼呢，他在哪里？”

“班尼，他不是和您在一起吗？”托比说，“您没有把他留在车里吧？”

“托比，你这是什么意思？”托马斯夫人吃惊地说，“我把班尼留在农场了。我没有带他一起去，当我有很多东西要买的时候，就不会带他一起去的，因为他会觉得无聊！”

“可是，妈妈，整个上午我都没见到他！”托比说，“他不在农场，我已经好几个小时没看见他了！”

“哦，托比！”托马斯夫人担心地说，“班尼发生什么事了，我还以为你会像往常一样看好他呢！”

“我还以为他跟您一起出去了。”托比抱怨道，“迪克，朱利安，你见过班尼或卷尾巴吗？”

“没有，今天早上我们没看见过他呢！”迪克说，“天哪，他到哪儿去了？会不会去营地找我们了？他一直都想去。”

“托比，饮马池！”托马斯夫人脸色苍白地说，“快去那儿看看，他可能掉下去了。如果没有的话再去谷仓的阁楼里看看，还有机器棚里。哦，班尼，班尼，你在哪儿？”

她转向迪克和朱利安，他们正焦急地站在她身边。“去你们的营地看看，”她说，“并且在沿途仔细找找。他可能在山坡上迷了路。我的小笨蛋！也许他的小猪又‘跑掉了’，就像他经常告诉我们的那样，他跟着跑掉了！哦，天哪，我该怎么办啊？”

20

奇特的消息

托比飞快地跑向饮马池，他非常害怕。因为饮马池中间很深，班尼还不会游泳。迪克和朱利安匆匆地穿过农场大门，爬上比利科克山，一边走一边喊：“班尼！你在哪里？班尼！”

他们费力地爬上陡峭的石南斜坡，寻找那个小男孩的踪迹，但是连影子也没有发现。他们都很焦虑，班尼是个小流浪汉，卷尾巴为他到处游荡提供了一个很好的借口。

“班尼！班尼！”他们喊着，山谷里回声也跟着呼唤这个名字。

“也许他去了营地里，”迪克说，“我知道他想去看看。他很可能去那儿了，这只小猴子，还有卷尾巴。”

“但愿如此，”朱利安严肃地说，“他的小短腿要走很长一段路呢。可我想不通没有人指引，他怎么能找到路，他从来没去过那儿！”

“嗯，也许女孩们在回去的路上发现了他。”迪克说，“我的天，今天真是受够了！没人知道杰夫和雷在哪儿，也没人知道小班尼在哪儿！这个假期真是糟透了！”

“令人兴奋，也确实令人担忧。”朱利安说，“为什么我们总是碰到这种事？我们似乎从来没有过真正平静的时光！”

迪克瞥了朱利安一眼，笑了笑说：“你确定想要真正平静的时光吗，朱利安？我想你不会的！来吧，让我们再喊一声！”

他们终于回到了营地，没有看到班尼或小猪来过的任何迹象。只有女孩们和蒂米。

得知班尼失踪，两个女孩吓坏了。安妮脸色苍白，说：“我们现在就去找他吧！我们必须去！”

“能先做点三明治吗？”迪克说，“我要饿死了，用不了几分钟的。趁你们做饭的时候，我们来好好计划一下！”

乔治和安妮开始做三明治。安妮震惊得手都不听使唤了。小笨蛋失踪了。“哦，我希望他什么事也没有！”她说，“上午马上就要过去，已经好几个小时了！可怜的托马斯夫人！”

“三明治准备好了，”乔治说，“朱利安，你有什么计划？我想，我们应该分头去找，到山后去，一直喊个不停！”

“就这样办。”朱利安说着，狼吞虎咽地吃起了三明治，然后又往口袋里塞了些西红柿和萝卜，“安妮和乔治，你们绕着那边走，一个在山上，一个在山下，你们的喊声传得越远越好。我和迪克在这边也会这么做。我们再去趟蝴蝶农场，以防他跑到那里去。”

大家都出发了，很快山中就回荡着洪亮的呼喊声。“班尼！班尼！喂——班尼！喂——”

灌木丛中，孩子们乱哄哄地四下寻找着，蒂米也兴奋地跳来跳去。它知道班尼迷路了，于是一路嗅着小男孩的气味走去，但是它的尖鼻子什么也没找到。

朱利安去了蝴蝶农场，四处查看，但没有发现小男孩的踪迹。事实上，那里没有任何人的踪影，连简斯夫人也没在。那两位蝴蝶专家像往常一样出去溜达了。乔治和安妮在山上看到了他们，并朝他们呼喊。

“你们见过一个小男孩和一只小猪吗？”

那两个人态度生硬，毫无帮助之意，说：“没有。没看见。”

“我想他们是生气了，因为他们仍然认为是男孩们打碎了他们的蝴蝶房！”乔治说，“好吧，我希望他们能去找班尼，而不是蝴蝶。”

就在四个孩子几乎要放弃寻找时，终于找到班尼了，这时已经过去两个小时了。四个孩子在小山上相遇，绝望地站在那里，不知道下一步该怎么办。就在这时，蒂米突然竖起耳朵。然后，它叫了一声，是一种兴奋的小吠声，就像在说："我听到了一些有趣的声音！"

"那是什么，蒂米，你听到什么了？"乔治立刻喊道，"快去看看！"

蒂米竖着耳朵跑开了。它不时地停下来听听，然后又继续往前走。孩子们也在听，但他们什么也听不到，没有叫声，没有呻吟声，也没有哭声。

"怎么回事，蒂米在朝山洞的方向跑去，"朱利安最后说，"山洞！我们怎么没想到！但是那个小家伙怎么能找到路呢？比利科克农场到山洞的路又长又复杂。"

"他可能跟着卷尾巴去的，"安妮说，"我们总是认为他只是借口小猪跑了，这样他就可以把责任推到卷尾巴身上，然后在他喜欢的地方游玩，但这次小猪可能是真的'跑掉了'！"

"希望蒂米听到的是班尼，"朱利安说，"我的耳朵很尖，但我只能说我什么也没听见！"

然而，下一分钟他们都听到了什么声音，一个又小又累的声音喊着："卷尾巴！卷尾巴！快回来！"

"是班尼！"每个人都大喊着，飞快地向前奔去，脚下的土地都被震动了。

蒂米当然最先到了，四个孩子赶到时，他们看见蒂米正轻轻地舔着金发小男孩，他高兴地搂着蒂米的脖子。班尼坐在洞口处，独自一人，他的小猪不在那里。

“噢，班尼，亲爱的，终于找到你了。”安妮哭着跪在他身边。他抬头看了看大家，看到他们一点也不觉得惊讶。

“卷尾巴跑掉了，”他说，“它跑到那里面去了。”他指向山洞。

“谢天谢地，你没有跟着它！”乔治说，“如果那样的话，我们可能永远也找不到你了！快点，我们现在就送你回家！”

但是，她刚扶起男孩，他就开始又踢又叫：“不要！不要！我要卷尾巴！我要卷尾巴！”

“亲爱的，它在里面玩够了就会出来的。”安妮说，“但是你妈妈现在要你回家，家里正有大餐等着你呢。”

“我饿了，”班尼说，“我想吃大餐，但我也想要卷尾巴。卷尾巴，卷尾巴，快出来！”

“我们必须把班尼带回去，”迪克说，“他妈妈担心坏了。如果卷尾巴有足够的记忆力的话，它终究会出来的；如果没有，那就太糟糕了！我们不能盲目去没有探险过的地方，会迷路的。走吧，乔治，带上班尼。”

“卷尾巴在外面玩累了，就会回来的，”乔治说，她把小男孩从洞口带走，“而现在你妈妈在等你，你的大餐也在等着你呢。”

蒂米高兴地跳到她身边，和乔治一起带着那个小男孩沿着铺着白石灰的小路走去。能找到班尼，大家都激动极了，高兴得暂时忘记了杰夫和雷。他们一路和小班尼开着玩笑，试图让他忘记丢失的宠物。

托马斯夫人见小儿子回来，高兴得欣喜若狂，哭着拥抱了他：“哦，班尼，班尼，你和你的小猪真是太坏了。”

“它跑开了。”班尼说。他现在正坐在桌子旁狼吞虎咽地吃饭呢，因为他真的饿坏了。大家都坐在那里，宠爱地看着他，很高兴他平安无事，看着他大口大口地吃饭，都不想把视线移开。

小家伙终于吃完了。“我要去找卷尾巴！”他从椅子上下来宣布道。

“哦，不，你不能去，”他妈妈说，“你要和我待在一起。我想让你帮我做些蛋糕。蛋糕做好的时候，卷尾巴就回家了。”

过了一个小时，也就是朱利安、迪克、安妮、乔治和托比正忙着清理水塘时，卷尾巴自己回来了。它小跑着到农场里，像平时那样发出滑稽的尖叫声，引得每个人都立刻停下手里的活儿，开始四下寻找它。

“卷尾巴！你回来了！哦，你这只小坏猪！”乔治叫道。蒂米跑到猪栏里，不停地嗅了又嗅，舔了又舔。小猪又转身去找班尼，朱利安笑了起来。

“有人在它身上写了些东西，是黑色的！过来，卷尾巴，让我们看看。”

卷尾巴向他跑过去，朱利安检查了那些相当模糊的黑色字母。“看不清楚，”他说，“有人干的恶作剧，在他粉红色的小身体上印了些东西，不过应该能洗得掉。”

朱利安弯下腰拿起一块破布，准备清洗小猪的身体。“等等！”迪克严肃地说，“我说等等！看，这不是J和T吗，下面是字母R和V，不是V，是W，另一半的字母被石南或其他东西蹭掉了。”

现在每个人都兴奋地盯着看。“J，T，R，W！”托比喘着粗气说，接着尖叫起来，“他们代表杰夫·托马斯和雷·威尔斯。这是什么意思？是谁写上去的？”

朱利安说："这儿还有其他的字母，更小，更模糊。把小猪抱好，迪克。我们必须弄清楚那是什么！这一定是杰夫和雷传来的信息。小猪一定是到过他们藏身的地方！"

他们认真地看着那些模糊的字母，一共有五个。它们几乎完全模糊了，但迪克的敏锐头脑终于猜了出来。

"这个字就是山洞！"他说，"看，第一个字母可能是G或O或C，但是第三个字母肯定是V，而最后一个是S。我确信它是山洞，就是卷尾巴刚才去过的地方，我们知道的。"

"耶！那就是杰夫和雷被藏起来的地方。"朱利安说，"太近了，我是说我们以为他们被车带走了，藏在几英里之外呢！快点，托比，你爸爸呢？"

他们找到了托马斯先生，把卷尾巴身上模糊的字迹给他看。托马斯先生吃惊地说："这么说卷尾巴跑到山洞里了，是吗？它真是一只猪，什么地方都要去拱一拱！结果误打误撞地跑到了杰夫和雷所在的地方。这种报信的方式太奇特了，不是系在脖子上或尾巴上，这些字母太难认了！"

"我差点就把它们给洗掉了，以为是有人捉弄卷尾巴。"朱利安说，"谢天谢地，要不然，我们也许永远也不知道杰夫和雷在哪儿了。我们现在怎么办，托马斯先生？马上去山洞，还是给警察打电话？"

"同时进行！"托马斯先生说，"警察肯定知道那个山洞。现在，你们先出发吧，记得带上一捆绳子，因为杰夫和雷被

藏在游客不经常去的隧道里，如果没有绳子，可能就找不到返回的路了。带上蒂米，它会帮上忙的。”

“它肯定能帮上忙。”朱利安说，“我们还得带上小猪，这样蒂米就能闻着它的气味，在山洞里搜索它留下的痕迹，我们就不必像没头苍蝇一样到处乱转，蒂米会把我们带到杰夫和雷那里。”

伙伴们抑制不住内心的激动，立刻动身出发了。

“杰夫，雷！再坚持一下，我们马上就去救你们了！马上就到了！”

国际救难信号是SOS，为什么要用这三个字母表示求救呢？

21

惊险结束

五个孩子和蒂米气喘吁吁地爬上山坡。朱利安抱着那只受惊的小猪，小猪一点也不知道发生了什么事。它四脚乱蹬着，发出“嗷嗷”的尖叫声，但要等他们到达山洞时，它才会发挥作用，而在那之前，大家都不会在意它了！

终于，他们来到了通往采石场的路口，孩子们飞奔而下，石灰粉在他们脚下四散飞溅，不一会儿，到了山洞。

朱利安抱着小猪蹲了下来，乔治命令道：“蒂米！过来闻闻卷尾巴，就是这样，好好闻闻。记住了吗？现在跟着这个味道，快去！跟上！去山洞里，看小猪都去了哪里！蒂米，加油！”

蒂米非常清楚乔治的指令，它认真地嗅了嗅卷尾巴，然后开始在地上到处闻，寻找着小猪留下的气息。很快，它发现了线索，向洞口跑去。

它突然停下来，询问似的回头看着孩子们。“去吧，蒂米，快去！我知道卷尾巴跟我们在一起，这让你觉得很奇怪。我们不是让你找到它，而是想知道它去过哪里！”乔治叫道，担心蒂米会认为这是一场愚蠢的游戏而放弃搜索。

蒂米又把鼻子贴在了地上。

它进入了这个雄伟的山洞，里面满是闪闪发光的像冰凌一样的钟乳石和石笋，其中一些看起来像闪亮的柱子。接着它又进入下一个山洞，洞里彩虹般的颜色使安妮想起了仙境。然后他们穿过又一个洞穴，来到一个岔路口。

“这儿有三条隧道，”乔治说，“我敢打赌，蒂米不会走那些游客们常走的路。”

他话音未落，蒂米又开始在地面上搜寻小猪的味道，它选了左边的那条路，手电筒的灯光在它身后跳跃着。

“我就知道是这样！”乔治喊道，山洞里回响着她的声音，“是这样！这样！样！样……”

“你还记得那天我们听到的那些可怕的声音吗，刺耳的口哨，还有那些号叫？”迪克说，“我敢打赌那是把杰夫和雷拖到这儿来的那两个恶棍弄出来的！我猜他们听到了蒂米的叫声，蒂米肯定是因为听见了他们的声音才叫的，可我们什么也没听见。他们肯定害怕我们发现，于是制造了那些可怕的声音想把我们吓跑，山洞的回声把那些声音放大得更可怕了。”

“他们的确把我们吓跑了，”安妮回忆说，“没错，一定是那两个人。今天就没有可怕的声音了！我的天啊，这条路怎么这么长，瞧，它又分成两条了！”

“蒂米知道该怎么走。”乔治说。蒂米当然知道，它趴在地上，毫不犹豫地选择了左边的那条。

“朱利安，你真的没必要带那团绳子，”托比说，“蒂米轻而易举就能把我们带回去，不是吗？”

“是的，”朱利安说，“它比任何绳子都好用！如果没有蒂米，我们肯定找不到回去的路了，这儿有那么多的洞穴，那么多的隧道。我猜我们现在已经到了大山中心了。”

蒂米突然停住脚步，抬起头来听着。它是听到杰夫和雷的声音了吗？蒂米大声吠叫着，从不远的地方传来一声大叫。“嘿！嘿！在这儿！在这儿！”

“是杰夫！”托比喊道，兴奋得手舞足蹈，“杰夫！你能听到我说话吗？杰夫！”

“嘿！托比！在这儿！在这儿！”一个声音立刻传了过来。

蒂米跑下隧道，停了下来。起初，孩子们不明白为什么，等他们跟上去才发现，隧道已经到了尽头，一堵墙挡在了蒂米前面，然而杰夫的声音却清晰传了过来。

“我们在这儿！”

“蒂米旁边的地上有个洞！”朱利安喊道，把手电筒照过去，“他们肯定在那下面。杰夫，你们在里面吗？”

朱利安把手电筒照进洞里，只见洞底躺着一个人，是雷，站在他旁边，急切地向外张望的正是杰夫！

“谢天谢地，你们找到了！”他说，“那些家伙告诉我们，他们要把我们丢在这里，不回来了。他们毫无征兆地把我们推下了这个洞，雷摔倒了，扭伤了脚踝，站不起来了。不过你们可以帮忙把他扶起来。”

“杰夫，噢，杰夫，真高兴我们找到了你们！”托比喊道，他和朱利安一起往洞里看，“怎么把你们弄出来呢？这洞口有点小。”

“你们先把我拉上去，然后再下来两个人，把雷扶起来，我把他拉出来，最后再把你们拉出来。这个地方糟透了，四壁没有可以攀登的地方，我也够不到洞口。雷受伤了，所以也帮不上忙。”

于是，两个男孩设法把杰夫拉上来，他们趴在地面上，探下肩膀和胳膊，用力把杰夫往上拽，托比和乔治不得不抓住他们的腿，防止他们被拉进洞里！安妮抱着小猪，小猪也竭尽全力想钻到洞里去！

杰夫终于从洞里钻了出来，接着朱利安和迪克跳进洞里帮助雷。他看起来有些头晕，杰夫解释说那些人把他们推进洞里时，撞到了雷的头。朱利安轻轻地把雷扶起来，然后他和迪克把雷抱起来向上托，直到雷能够到杰夫从洞口伸下来的手。

可怜的雷终于出来了，朱利安和迪克也跟着上去了。蒂米看着整个过程，觉得太不同寻常了，它发出了一连串兴奋的吠叫，把小猪吓得半死！

“嘘——”杰夫舒了口气，这时在大家的帮助下雷站了起来，“我从没想过我们还能离开那里。让我们赶快离开这个噩梦般的地方吧。我们需要一点新鲜空气和食物，还有水！那帮畜生把我们扔在里面快一个星期了！”

大家开始向洞口走去，蒂米自信地在前面领路，甚至连闻都不用闻。只要是它走过的路，就永远不会忘。

他们走出来，六月明媚的阳光洒在身上。两个人在漆黑的山洞中待了那么久，不得不闭上眼睛。

“先坐下休息一会儿，等你们适应了阳光后再走。”朱利安说，“说说你们是怎么想到在猪身上留言的吧，是它突然出现在洞里了吗？”

杰夫笑着说：“好吧。雷和我当时就在那个可怕的洞里，没有手表告诉我们时间，根本无法知道是晚上还是白天，甚至不知道是星期几。突然，我们听到了一阵哼哼唧唧的声音，接着就感觉到有东西从洞口掉了下来，正好落在我们身上！它开始猛烈地尖叫，所以我们猜它是一只小猪，尽管我们无法想象，一只小猪为什么会突然从我们上方黑暗的隧道里冲进来！”

每个人都笑了，甚至是雷。“继续，”迪克说，“接下来，你做什么了？”

“我们摸遍了猪的全身，知道它是一只小猪崽，”杰夫说，“但是一开始我没有想到可以把它当作一个信使，这是雷的好主意！”

“我们几乎看不清你的留言，”迪克说，“好不容易才认出来那些字母的！”

“这我一点也不怀疑！但是你知道我们身上的东西都被搜走了，铅笔，旧钢笔，更不用说我们的钱，手表和手电筒了。在那个漆黑的洞里，我相信你们也会称赞，我们干得还不赖！”杰夫说。

“如果你的口袋被掏空了，你到底是用什么东西写上去的呢？”乔治好奇地问道。

“嗯，雷在裤子口袋底部发现了一小块黑粉笔，我们平时会用它在大地图上标出我们的航线，”杰夫说，“那真是我们的救命稻草！雷扶好小猪，我在它身上写了我们姓名的首字母和‘山洞’几个字母。在黑暗中我看不清自己在做什么，我尽力写得清楚一些。然后我站起来，把可怜的小猪抛出洞口！我得说，这个球投得真准！我听见它跑出去了，它真是世界上最棒的小猪！”

“太神奇了！”朱利安说，“我的天，杰夫，你们真幸运。小猪平安地回到了农场。它平时可是个流浪汉，总是到处乱跑。你不知道，在我们读你的信息之前，我差点把它们洗掉了。”

“哎哟！听了这话，我浑身都起鸡皮疙瘩了。”杰夫说，“现在告诉我，当发现我们从机场消失后发生了什么事？难道没有引起喧哗吗？”

“比那更厉害！你知道你的飞机被偷了，不是吗？”迪克说。

杰夫说：“当我听到两架飞机起飞的声音，我就猜到了，当时那两个恶棍正把我们拖上山。我们被拖来拽去的时候，我还听到了狗叫声，那是蒂米吗？我真希望它当时能来救我们。”

“啊，是的，就是在那个暴风雨之夜它开始吠叫的时候！”乔治想起来了，“原来它是听到了你们和那些坏蛋的声音。啊，真可惜，它当时不知道！”

“杰夫，那两架被盗的飞机在暴风雨中坠海了，”托比说，“但没有找到飞行员。”

“哦，”杰夫说，沉默了一会儿，“我会想念我那架老伙计的。好吧，我估计接下来能得到另一架飞机了。雷！你现在感觉怎么样？你还能坚持走路吗？”

“是的，如果孩子们能像刚才那样帮助我的话。”雷说，他看上去已经好多了，“咱们往回走吧。”

他们走得很慢，但幸运的是，警察在去山洞的路上遇到了他们。他们接到托马斯先生的电话后就立刻赶来了。他们把雷接上车，这下他们可以走快点了。

“把那只猪放下来吧，安妮，你一定是累了。”迪克说，“你看起来就像爱丽丝梦游仙境！她也带着一只猪！”

安妮笑了：“我想它已经睡着了，就像爱丽丝的猪一样！”

他们终于回到了比利科克农场。托马斯夫人、她的丈夫和班尼对他们表示了热烈欢迎。小男孩从安妮的怀里接过他的小猪，紧紧拥抱着它，“你跑掉了，你这只小坏猪，你跑得可真快！”他斥责道，把它放下。小猪立刻跑向谷仓，班尼在后面追赶，安妮只好追过去把他们带回来。

“现在我们都得吃点东西了。我已经准备好了，希望每个人都能从这次不寻常的历险中恢复过来！”托马斯夫人说，“我知道杰夫和雷一定饿坏了。杰夫，你的脸瘦多了。”

大家都围坐在大桌子旁，托比坐在他的英雄堂兄杰夫旁边。他们垂涎欲滴地望着那些食物，从来没这般丰盛过！

“妈妈！”托比说，眼睛闪闪发光，“这不是一顿普通的饭，这简直就是一场宴会！杰夫，你要吃什么？”

“什么都想吃！”杰夫说，“每样都要！我要先吃两个煮鸡蛋，三片火腿，两片厚面包和黄油，再来点美味的沙拉。我敢说，早知道有这样一场盛宴，在那个洞里待上几年也值了！”

这是一顿非常欢乐热闹的大餐，班尼居然整顿饭都好好地坐在餐桌旁，一次也没有从椅子上滑下来去找卷尾巴。为什么不是每天都有这样的聚会啊？哎呀，就连他爸爸也在那儿，笑得前仰后合！真可惜，那两个警察没能留下来一起吃，班尼有好多问题要问他们呢！蒂米在什么地方？哦，它在桌子底下。班尼可以用脚感觉到它。宾基也在那儿，就在托比脚边。

他把手放下来，手里拿着一块大蛋糕，蛋糕立刻就被一个毛茸茸的嘴巴轻轻地叼走了，蒂米开心极了！

随着大餐的结束，让每个人都倍感失落的分别时刻要到了。杰夫和雷现在必须到机场报到，托马斯先生提议开车送他们去。

孩子们也要到农场大门口去送送他们。

“我们山坡上的营地，现在看起来无聊透了。”迪克说，“过去几天发生了那么多事情，现在什么新鲜事也不会发生了！”

“瞎说！”杰夫说，“我向你保证，一定还会有什么事情发生的，肯定是件大事！”

“什么事？”所有人都急切地问。

“我会尽快让你们免费乘坐飞机，也许明天，”杰夫说，“而且是由我亲自驾驶！那么，谁愿意跟我去天上兜风呢？”

每个人都在欢呼！杰夫做了个鬼脸，用手捂住了耳朵。

“我也去，我也去！还有卷尾巴！”班尼那尖尖的小嗓门喊着。

“卷尾巴呢？”杰夫说，从车里往外看，“不管它在哪儿，我真的必须跟它握握手，它可是我和雷的大救星！”

“我不知道，”班尼环顾四周说，“它一定是……”

“跑掉了！”大家齐声喊道，蒂米听到这突如其来的叫喊，狂吠起来。它把爪子搭在汽车上，舔了舔杰夫的手。

“谢谢你，好伙伴！缺了你这个大功臣也不行！”杰夫说，“再见了，各位！我们明天见！然后，呼——冲上云霄！”

《疯狂侦探团》系列儿童冒险小说（全 21 册）

伊妮德·布莱顿于 1968 年去世，至今仍是广受欢迎的全球著名儿童图书作家。她的作品闻名中外，创下辉煌的销售记录。

英伦市区的三兄妹——哥哥朱利安、弟弟迪克和小妹妹安妮，假期来到海滨的叔叔家，结识了假小子堂妹乔治和她的大狗蒂米，结成了五个小伙伴，开始了一次次惊心动魄的侦探冒险旅程。

英吉利海峡的美丽小岛、古老伦敦的神秘城堡、暗道交错的郊外古宅，还有那白雪中的圣诞节、花园里的下午茶……异国的自然人文风情，无不让人着迷，而真正触动心弦的，莫过于童年的探险精神，那是对自由的追求、为正义的斗争。书中的小伙伴将带小读者完成一次次惊险旅程，实现一个个英雄梦想。

本书主编詹艾斌（1971- ），江西都昌人，文学博士，江西师范大学文学院院长、博士生导师，博士后合作导师，江西省百千万人才工程人选，江西省高校中青年学科带头人，主要从事文学理论、文学批评与文学教育研究，致力于儿童阅读推广。

疯狂侦探团 01：沉船秘宝
疯狂侦探团 02：密道窃案
疯狂侦探团 03：午夜尖叫
疯狂侦探团 04：悬崖古堡走私案
疯狂侦探团 05：马戏阴谋
疯狂侦探团 06：科林岛上的秘密实验
疯狂侦探团 07：幽灵火车
疯狂侦探团 08：囚徒的反击
疯狂侦探团 09：午夜窗影
疯狂侦探团 10：逃犯口信
疯狂侦探团 11：古堡怪脸
疯狂侦探团 12：雨夜灯塔
疯狂侦探团 13：荒野疑云
疯狂侦探团 14：护花使者
疯狂侦探团 15：废舍鬼影
疯狂侦探团 16：雨夜迷踪
疯狂侦探团 17：圣诞惊魂
疯狂侦探团 18：地牢夺宝
疯狂侦探团 19：魔鬼金币
疯狂侦探团 20：勇闯耳语岛
疯狂侦探团 21：神探五人组